소년과 바다

우리같이 청소년문고 004

소년과 바다

초판 1쇄 펴낸날 2010년 10월 15일

지은이 로드먼 필브릭
옮긴이 이정옥
펴낸이 이정옥
기획위원 이상운
펴낸곳 (주)우리같이 **등록** 제313-2010-69호
주소 150-836 서울시 영등포구 문래동 3가 83-3 대동 비즈니스 빌딩 709호
전화 02-338-3350 **팩스** 02-338-3351
이메일 withours@gmail.com

ISBN 978-89-961890-5-3 44800
ISBN 978-89-961890-3-9 44800(세트)

이 도서의 국립중앙도서관 출판시도서목록(CIP)은 e-CIP 홈페이지(http://www.nl.go.kr/ecip)에서
이용하실 수 있습니다.(CIP제어번호: CIP2010003540)

소년과 바다

로드먼 필브릭 지음 | 이정옥 옮김

THE YOUNG MAN AND THE SEA

우리교육

작가는 메인 주 키터리에 사는 폴 브라운에게 감사의 마음을 전하고자 합니다. 그는 덫으로 바닷가재를 잡는 기술에 대해 뛰어난 식견을 지닌 분입니다. 또한 참다랑어의 놀라운 능력에 대해 더글러스 위놋의 저서 『거대한 참다랑어(Giant Bluefin)』에서 몇 가지 정보를 얻었음을 밝힙니다.

큰 물고기들이 어디 사는지 알고 있는 내 동생 조너선에게,

그리고 두려움을 모르는 조카 몰리와 애니에게

| 차 례 |

1장
가재잡이 소년

세상에서 가장 큰 물고기 이야기를 하기 전에, 그러니까 그 엄청난 놈이 어떻게 나를 죽이려고 했고 결국 내가 어떻게 살아남을 수 있었는지 말하기 전에 먼저 물이 새는 배 이야기부터 들려주겠다. 모든 일이 바로 그 배에서 비롯되었기 때문이다. 대대적인 배 수리와 덫 전쟁 그리고 안개 속의 천사 같은 그 모든 일은, 물이 새는 그 배가 아니었다면 일어나지도 않았을 것이다.

이야기는 방학하는 날 시작된다. 집으로 가는 길에, 나는 싸구려 고물 자전거를 타고 스포터 힐 언덕 아래로 미끄러져 내려가고 있다. 새들은 지저거리고, 나는 핸들에서 손을 뗀 채 불어오는 바람을 얼굴에 맞고 있다. 여름 기운이 물씬 묻어나는 날이

다. 막 베어 낸 풀 향내며 항구에서 날아오는 소금기가 코를 찌른다. 뒤미처 초라한 우리 집이 눈으로 들어오는 순간, 지난 몇 달 동안 내가 두려워하던 일이 결국 일어나고야 말았다는 것을 안다.

우리 배 메리 로즈 호가 가라앉아 버렸다.

로즈 호는 선실 꼭대기만 겨우 드러나 있고, 번들거리는 기름이 수면 위에 피처럼 번져 있다. 어찌나 불쌍해 보이는지 내 가슴이 다 아프다. 가라앉은 배는 비참하기 짝이 없다. 그대로 눈물이 펑펑 쏟아져도 모자랄 판이지만, 난 엄마가 돌아가신 다음부터 울지 않는다. 그 재수 없는 부잣집 자식 타일러 크로프트가 뭐라고 지껄이든 그건 사실이 아니다.

난 지난 몇 달 동안이나 로즈 호에서 물을 퍼냈다. 새벽 동이 트기도 전에 일어나서 배 밑바닥에 고인 물을 퍼내어 배가 가라앉지 못하게 했다. 혹시라도 아빠가 마음을 고쳐먹고 그 무거운 엉덩이를 텔레비전 앞 소파에서 들고 일어나 고기를 잡으러 나갈지도 모르는 일이니까. 장례식 이후 아빠가 먹고 자는 데가 바로 거기 텔레비전 앞 소파다. 허구한 날을 소파에서 빈 자루처럼 퍼져 지내면서도 아빠는 정작 텔레비전은 켜 놓지도 않는다. 맥주나 계속 마셔 대면서 천장의 거미줄이나 하릴없이 바라본다.

우리 아빠는 진짜 술주정뱅이도 못 된다. 나를 두들겨 패거나 나한테 욕을 퍼붓거나 하는 짓 같은 건 아예 하지 않는다. 그냥 기운을 잃고 축 널브러져 신세 한탄이나 하면서 내가 무엇을 하든, 무슨 말을 하든 말든 신경도 쓰지 않는다. 언젠가 그런 아빠한테 내리 10분이나 욕을 퍼부은 적이 있다. 아빠는 아무짝에도 쓸모없는데다가 세상에 살 가치도 없는 술꾼이라고, 소파에나 늘어져 있을 바엔 차라리 죽어 버리라고, 엄마가 보면 아빠를 어떻게 생각하겠느냐고 그렇게 마구 해 대도 아빠는 꼼짝도 하지 않는다. 그저 한숨이나 폭 내쉬며 이렇게 말할 뿐이다.

"스키피, 그래 다 진짜 미안하다."

그러고는 베개 밑에 머리를 파묻어 버리고 만다.

그런 경우 아빠가 나한테 말하는 건지 아니면 아빠 자신한테 말하는 건지도 잘 모르겠다. 아빠와 내 이름이 똑같기 때문이다. 새뮤얼 '스키프' 비어먼. 아랫마을 부두 사람들은 우리 아빠를 빅 스키프, 나를 리틀 스키프라고 구별해서 불러 주었다. 하지만 아빠는 이제 더 이상 부두에도 내려가지 않는다. 그야말로 아무것도 하지 않는다. 내가 허겁지겁 집으로 달려가 로즈 호가 가라앉았다고 말할 때조차도 말이다.

"아빠!"

내가 이어 말한다.

"배가 가라앉았어!"

아빠는 몸을 한쪽만 돌리고 흐릿한 눈으로 나를 바라본다. 몇 달간 빗질 한 번 하지 않은 턱수염이 온통 헝클어져 있어 아빠가 더없이 늙고 초라해 보인다.

"학교는 끝나고, 어? 이렇게 늦게 오면 어떻게 하나?"

"배가 가라앉았다니까! 우리 어떻게 해?"

"어떻게 하냐고?"

아빠는 손으로 얼굴을 가린 채 다시 한숨을 내쉰다.

"뭐, 배를 끌어 올릴 수는 있겠지. 하지만 그래 봤자 다시 가라앉을 거야. 그냥 놔두는 게 상책이야."

"배를 그냥 내버려 둘 수는 없어. 그러면 안 되는 거잖아!"

아빠는 고개를 소파 뒤쪽으로 돌려 버리고 내 말을 더 듣지 않으려 한다. 난 하는 수 없이 밖으로 달려 나가 곧 무너져 내릴 것 같은 구닥다리 우리 독(dock, 배를 만들고 수리하거나 짐을 싣고 부리기 위한 설비: 옮긴이)을 향해 층계를 미끄러지듯 내려간다.

아무리 봐도 내가 어떻게 해 볼 수 있는 게 아무것도 없다. 일단 배가 가라앉고 나면 더 이상 물을 퍼낼 수도 없다. 그냥 썰물이 되기를 기다리는 수밖에 없다. 그리고 다시 배가 가라앉기 전에 어떻게든 윈치(winch, 밧줄이나 쇠사슬로 무거운 물건을 들어 올리거나 내리는 기계: 옮긴이)를 이용해 선가대(cradle, 배를 수선하기 위해 땅 위로 끌어 올리거나 끌어 올려서 싣는 데 쓰는 설비: 옮긴이) 위로 끌어 올려야 한다. 그러고 나면 내 힘으로 물이 새는 곳을 찾아내서 때울 수 있을지도 모른다.

덫을 두는 창고에 윈치가 있다. 그래서 그곳으로 향하는데, 타일러 크로프트가 1,000달러짜리 산악자전거를 타고 지나간다. 저 녀석이 바로 내가 우는 걸 봤다고 우기는 놈이다. 실은 보지도 못했으면서.

"야 스키프!"

녀석이 자전거를 뒷바퀴로만 타면서 한껏 으스댄다.

"너네 낡아 빠진 난파선이 드디어 가라앉았다며? 속이 다 시원하다! 꼴 같지 않은 게 부둣가에 구린내나 풍기더니. 그건 배도 아니었어. 뒷간이지!"

"입 닥쳐!"

"어이구, 스키프가 우네!"

"누가 울어!"

그렇게 대꾸하고 나서 녀석에게 집어 던질 게 없나 주위를 둘러본다. 녀석의 썩어 빠진 머리통엔 썩은 사과가 제격이다.

"스키프가 운다네, 거짓말이 아니네! 꼬맹이 스키프 비어먼은 판잣집에 살면서 오줌은 양동이에 갈기고 된똥은 뒷간에서 싼다네! 야 가재잡이! 네 엄마는 죽었어. 네 아빠는 취했고! 늪지대로 돌아가 버려, 이 더러운 새끼야!"

저런 식의 지긋지긋한 레퍼토리를 녀석이 말을 배울 때부터 들어 와서 나는 아무렇지도 않다. 다만 녀석의 머리통을 단단한 풋사과로 박살내고 싶을 뿐이다. 그래야 저 녀석을 울릴 수 있을 테니까. 당장 손에 잡히는 게 삭은 나무토막밖에 없다. 그거라도 던져 보지만, 빗나가고 만다. 타일러가 낄낄 웃어 대다가 이렇게 소리치면서 자전거를 타고 쌩하니 지나가 버린다.

"꼬맹이 스키프 비어먼이 어린애처럼 징징 울었다네!"

타일러가 고개를 돌리고 어깨 너머로 소리친다.

"세상 사람들한테 다 알려야지!"

그러고도 남을 녀석이다. 그렇다고 문제될 건 없다. 삶이 통째로 물에 빠져 버렸는데, 거기서 더 나빠지고 자시고 할 것도 없는데, 누가 뭐라고 한들 무슨 문제가 될까.

그래도 단단한 풋사과가 있으면 좋겠다.

2장
늪지대 사람들

　　　　　나도 인정할 수밖에 없는데, 타일러 크로프트가 떠들어 대는 게 어느 정도는 사실이다. 콧구멍만 한 우리 집은 판잣집이었다. 그런데 엄마가 아빠랑 결혼하고 나서 그 집을 고치자고 했다. 물론 나는 그때 없었지만 사진으로 봤다. 지금 우리 집은 수도 설비도 갖추고 실내 배관도 되어 있다. 그렇지만 그때도 아빠는 문에 반달 모양이 새겨진 오래된 옥외 변소만큼은 허물어뜨릴 생각이 전혀 없었다고 한다. 아빠는 그걸 보고 있으면 옛날이 생각난다면서 겨울밤이 어찌나 춥던지 변소에 볼일을 보러 갈 때면 모자를 쓰고 부츠까지 챙겨 신어야 했다는 얘기를 들려준다.

　내가 아주 어렸을 때만 해도 엄마는 아빠에게 그 추레하고 낡은 변소를 그만 허물어 버리자고 했었다. 그러던 엄마도 차츰 거기에 익숙해져서 변소 주변에 꽃을 심고 페인트칠을 해서 가꿨다. 그리고 사람들이 변소가 어떻게 생겼는지 구경을 하러 와도 별로 개의치 않았다. 우리 집 변소는 스피니 코브를 통틀어 마지막 남은 옥외 변소다. 역사적인 유물이라고나 할까.

우리 아빠네 비어먼 일가는 늪지대 사람들이었다. 늪지대 사람들이란 말은 가난한 백인을 가리키는 이 지역 사람들 말이다. 옛날에 늪지대 사람들은 바닷물이 드나드는 염습지라든가 작은 만 근처의 판잣집에 살면서, 조개를 캐고 게나 가재를 잡고 소금에 절여 말린 풀을 농부들에게 팔아서 먹고살았다. 가을이 오면 오리나 거위를 총으로 잡아서 소금에 절인 것을 보스턴에 있는 식당에 통으로 내다 팔았다. 그렇게 습지와 만에서 나는 것으로 먹고살았다고 해서 늪지대 사람들이라는 말이 붙은 거다. 그런 일은 아빠가 태어나기도 전의 일이다. 그런데도 사람들은 아직도 우리 아빠를 늪지대 사람이라고 부른다. 아빠의 성이 비어먼이고, 비어먼 일가가 한때 늪지대에 살았었다는 그런 단순한 이유로 말이다.

우리 엄마는 지금도 그렇지만 그때도 늪지대 사람이 아니었다. 그 근처에 살지도 않았다. 엄마네 가족은 이곳에 정착한 스피니 일가였는데, 자신들의 성을 따서 마을 이름을 지었다. 어쩌면 마을 이름을 따서 성을 지었는지도 모르지만 둘러치나 메어

치나 그게 그거다. 엄마 친척 중에는 부자 스피니도 있고 가난한 스피니도 있고 보통 스피니도 있지만 늪지대 스피니는 없다. 엄마 가족들은 틈만 나면 아빠한테 그 점을 상기시켰다. 정말이다. 엄마는 그걸 아주 재미없어해서 항상 아빠 편에 섰다. 엄마는 언제나 이렇게 말했다. 아주 옛날 옛적으로 거슬러 올라가면 우리 모두 같은 곳에서 왔을 텐데, 사람들이 묘비에 어떤 이름을 적어 넣든 무슨 문제가 될까?

우리 엄마 묘비에 쓴 이름은 메리 로즈린 스피니 비어먼이다. 엄마는 두 가지 이름을 모두 다 가진 셈이다.

자랑은 아니지만 늪지대 사람들에 대해 한 가지만 말하자면, 배에 대해 꽤 잘 안다는 것이다. 아무래도 그렇게 타고난 것 같다는 생각이 든다. 내가 아홉 살 때 아빠가 베니어판에 뚝딱뚝딱 못질을 해서 소형 보트를 하나 만들었다. 그 보트에 5마력짜리 구식 에빈루드(Evinrude, 상표 이름: 옮긴이) 모터를 달아서 내 생일 선물로 줬는데 말 그대로 끝내줬다.

난 지금 열두 살이다. 그런데도 그 보트는 아직까지 나하고 아주 잘 맞는다. 물도 한 방울 새지 않는다.

"물이 안 스며드는 배가 좋은 배야."

그렇게 말했던 아빠였는데, 지금은 메리 로즈 호가 가라앉았건 말건 신경도 쓰지 않는다. 이제 배를 끌어 올리는 건 전적으로 나한테 달린 일이다.

하나 걱정되는 건, 어떻게 해야 하는 건지 내가 쥐뿔도 모른다는 거다. 가라앉은 배 같은 건 한 번도 끌어 올려 본 적이 없으니 말이다. 그래서 일단은 내 소형 보트를 타고 로즈 호가 잠긴 곳에서 노를 저어 이리저리 둘러보았다. 로즈 호 아래쪽이 진흙에 박혀 있는 게 보이지만, 무엇을 어떻게 해야 좋을지 도무지 모르겠다. 결국 들여다보고 있기도 지쳐서 우드웰 할아버지 집이 있는 작은 만으로 노를 저어 가기로 했다. 할아버지라면 뾰족한 수가 있을지도 모른다.

다행히도 할아버지한테는 좋은 수가 있다.

우드웰 할아버지는 거의 백만 살쯤 되어서 이제는 주로 잠을 자지만, 옛날에는 스피니 코브에 있는 선박 중의 절반가량을 할아버지 작업장에서 생산해 냈다. 우리 메리 로즈 호를 내가 태어나기도 전에 만들어 낸 분이 바로 우드웰 할아버지다. 메리 로즈 호를 맨 처음 물에 띄울 때 우드웰 할아버지가 노에 기대고 서서 찍은 사진을 본 적이 있다. 사진 속인데도 할아버지는 말이 없어 보였다. 그런데 그 후로 말수가 더 줄어들었다고 한다. 사람들이 그러는데 할아버지는 말하는 걸 아주 꺼려서 몇 주 동안 한마디 할까 말까 하는 정도라고 한다. 그럴지도 모르겠지만 할아버지는 나한텐 언제나 인사말을 건넨다.

"안녕, 새뮤얼."

그다음엔 이렇게 말한다.

"내 옆으로 와서 물고기들이 뭐 하는지 말해 주렴."

그러면 나는 할아버지네 독에 보트를 대고 나서 빙어가 재빨리 움직인다거나 고등어가 물속에서 놀고 있다거나 줄무늬농어가 먹이를 먹고 있다는 얘기를 들려준다. 할아버지는 물고기를 잡지도 않고 잡아 본 적도 없지만 물고기에 대해 알고 싶어 한다.

메리 로즈 호가 물에 가라앉은 그날, 할아버지는 만이 마주 보이는 뒤쪽 현관 옆 화단에 꽃을 심고 있었는데 내가 소리쳐 부르도록 나를 알아보지 못한다. 할아버지가 소리쳐 대답하기에도 거리가 너무 멀어서 할아버지는 대답 대신 모자를 흔들어 보인다. 나는 할아버지네 독에 보트를 대고 풀이 우거진 경사지를 걸어 올라서 현관으로 간다.

"안녕하세요, 할아버지?"

"안녕, 새뮤얼."

할아버지가 화단의 흙을 톡톡 토닥거리면서 말한다.

"오늘은 물고기가 뭐 하냐?"

"모르겠어요."

내가 말한다.

"로즈 호가 가라앉았는데 끌어 올릴 수가 없어요."

할아버지가 화단에서 일어나서 손에 묻은 흙을 털어 내는 데 한참 걸린다.

"현관으로 올라가자."

나는 할아버지를 따라간다.

할아버지가 레모네이드를 만들어 가지고 오는 데 또 한참이 걸린다. 할아버지는 모든 일에 그렇게 한참 시간이 걸린다. 할아버지가 엄청 느릿느릿 움직여져 그렇지만 나는 그런가 보다 한다. 할아버지가 쇠 주전자에 진짜 레몬하고 하얀 설탕을 넣고 잘 저어서 만든 레모네이드는 끝내주게 맛있다.

"자 마셔라."

할아버지가 유리잔을 건네준다.

"내내 그 배가 마음에 걸리더니만."

할아버지가 그렇게 말하면서 천천히 조심조심 움직여 흔들의자에 앉는다.

"배에 고인 물은 제때에 다 빼 줬지?"

"학교 가기 직전에도 물을 퍼냈어요. 그런데 학교 갔다 오니까 가라앉아 버렸어요."

"그래, 네 아버지는 뭐라던?"

"신경도 안 써요."

"이제 너한테 달린 일이구나. 그런 게지?"

"그런 것 같아요."

우드웰 할아버지는 레모네이드를 조금씩 마시면서 만 쪽을 물끄러미 내다본다.

"네 아버지에게 좋지 않을 말은 하고 싶지 않구나."

"아빠는 걱정 안 돼요."

나는 그렇게 말한다.

"메리 로즈 호만 걱정 돼요."

할아버지가 나를 엄한 표정으로 바라본다. 내 말이 진심인지 아닌지 알아보려는 거겠지만 나는 진심이다.

"알겠다."

할아버지가 말한다.

"그런데 난 너무 늙어서 가라앉은 배를 끌어 올릴 힘이 없구나. 망치도 하나 못 들어 올리는데 10미터짜리 배는 말할 것도 없지."

"그렇지만 어떻게 하면 되는지 말씀해 주실 수는 있잖아요."

"그렇구나."

할아버지가 대답한다.

"그거라면 할 수 있겠구나."

3장
드럼통으로 끌어 올리다

메리 로즈 호를 끌어 올리는 데
필요한 물품 목록을 나한테 건네준 분이 우드웰 할아버지다. 밧
줄 15미터, 3미터짜리 널빤지, 드럼통이라고도 부르는 커다란
강철 통 몇 개. 그런 거라면 손쉽게 구할 수 있을 거라는 걸 할아
버지는 다 알고 있었을 거다. 만에 접한 부두에 드럼통이나 밧줄
이나 낡은 판자 한두 개쯤은 늘 있기 마련이니까. 어쨌든 나는
맨 먼저 미끼 창고에서 밧줄을 찾아낸다. 그다음에 목재 더미에
서 널빤지 한 장을 끌어내 부두에 가져다 놓는다. 널빤지 끄트머
리에 푸른 이끼가 끼어 있지만 아직은 꽤 쓸 만하다. 미끼 창고
뒤에 빈 드럼통이 여섯 개 정도 있어서 개중 녹이 덜 슨 놈으로
네 개를 골라내서 굴린다. 드럼통마다 빗물이 출렁일 정도로 차

있어서 통을 일일이 거꾸로 세워 물을 다 쏟아내 버린 다음에 물이 스며들지 못하도록 뚜껑을 단단히 조여 놓는다.

"드럼통 네 개면 대략 1톤은 들어 올릴 게다. 그 정도면 용골(keel, 선박 바닥 중앙에 길이 방향으로 설치된 큰 재목으로 선체를 받치는 등뼈 기능을 하는 부분: 옮긴이)도 충분히 옮길 수 있지."

우드웰 할아버지가 내게 알려 준 사실이다.

"넌 그걸 제자리에 설치해 놓고 나머진 밀물이 알아서 하게 놔두면 된다."

널빤지 한쪽 끝에 드럼통 두 개를 묶어 달고 나서 밧줄로 널빤지 다른 쪽 끝을 묶어 메리 로즈 호의 뒷부분 밑으로 넣어 널빤지를 끌어당긴 다음 나머지 드럼통 두 개를 마저 매다는 것이 할아버지가 생각해 낸 방법이다.

밀물이 밀려오면 그 커다란 드럼통이 둥둥 떠올라서 배를 들어 올리게 되는 식이다.

"와, 식은 죽 먹기네요."

나는 할아버지에게 그렇게 말했다.

"암, 어려울 게 없지. 생각을 좀 해 보고 기초적인 물리학을 조금 적용하면 되니까."

우드웰 할아버지를 겉모습으로만 보면 그렇게 똑똑하다는 생각이 들지 않을 거다. 알고 보면 엄청 똑똑한 분이지만. 아빠가 배를 잘 만드는 사람은 어느 정도는 예술가이면서 어느 정도는 과학자라고 했는데, 내가 우리 배를 끌어 올릴 수 있었던 데는 우드웰 할아버지 과학 덕이 컸다.

아빠는 아무것도 한 게 없다. 내가 드럼통을 쾅쾅 부딪쳐 가며 혼잣말로 크게 떠들어 대는데도 무슨 난리인지 문밖으로 고개도 한 번 내밀어 보지 않는다.

"나 혼자 힘으로 여기까지 왔다는 거 아냐!"라거나, "이 무거운 널빤지가 분명 도움이 될 거야!"라고 해도, "튼튼한 매듭 매는 법 아는 사람 누구 없어요?"라고 물어봐도 말이다.

결국 나는 아빠의 관심을 포기하고 우드웰 할아버지가 가르쳐 준 대로 드럼통을 설치하는 데만 열중한다. 듣기에는 아주 쉬워 보였던 일이 나머지 오후를 다 잡아먹고도 모자라 초저녁 시간까지 잡아먹고 있다. 오늘 밤 9시경까지는 밀물이 들어오지 않을 테니 그나마 다행이다.

모든 준비를 다 마치고 나니 한 시간 정도가 남는다. 그래서 나하고 아빠가 먹을 저녁밥을 지으면서 밀물을 기다릴 생각이다. 아빠는 요즘 들어 먹는 것조차도 신경 쓰지 않는다. 사람은 먹어야 사는데도 말이다.

"괜히 헛고생할 필요 없어."

아빠가 소파에서 그렇게 말한다. 아빠가 보는 척하고 있는 텔레비전엔 쇼 프로그램이 나오고 있다.

"아무 문제 없어."

내가 이어 말한다.

"백지장도 맞들면 낫다고 하잖아. 아빠가 나를 도와주려면 뭐든 먹어 둬야 할 거야."

아빠가 한숨을 길게 내쉬며 말한다.

"다 소용없는 짓이야. 끌어 올려 봤자 다시 가라앉을 거라고."

"아닐지도 모르잖아."

"바닷물이 한번 엔진에 들어가면 그걸로 끝이야. 엔진이 없으면 배는 끝장이고."

"자, 스파게티나 먹어."

나는 가게에서 산 토마토소스로도 음식을 아주 잘 만든다. 기름에 볶아 낸 소시지와 양파를 넣고 강판에 간 치즈로 지저분한 속을 싹 덮으면 된다. 스파게티 맛은 그럴듯하다. 정말이다. 하지만 원래 우리가 먹는 대로라면 싱싱한 대구와 바닷가재여야 한다. 그걸 잡으려면 배가 있어야 한다. 그래서 내가 배를 건져 내려고 하는 거다. 아빠가 그럴 생각이 없다면 말이다.

보다시피, 나는 모든 걸 따져 보고 계산해 봤다. 배를 끌어 올리고, 물이 새는 곳을 고치고, 엔진을 손보고, 그러고 나서 물고기를 잡으러 가면 된다. 나 혼자서 로즈 호를 조종하기엔 내 키가 모자랄지도 모른다. 그래도 우유 상자를 밟고 올라서면 앞이 충분히 잘 보일 거다. 혼자 힘으로 물고기를 잡는 것도 신날 거다. 내가 덫 놓는 걸 아빠가 알게 되면 부끄러워서라도 나를 도와주게 될 거다.

그런저런 것이 내 계획인데 아빠가 냉장고에서 맥주를 꺼내 들고 텔레비전 소파로 돌아가면서 한 말이라니.

"조심해라. 네가 물에 빠지면 난 견디지 못할 거야."

내가 말한다.

"그럼 아빠가 도와주면 되잖아."

아빠는 아무 대답도 하지 않는다.

바깥 세계는, 말할 수 없이 고요하다. 해가 막 떨어지고 조류가 바뀌려고 하는 즈음이다. 세상이 숨을 죽이고 있는 것 같아서 그 고요함이 이어지도록 나도 같이 숨죽이고 싶은 때다. 나는 조용조용 널빤지 위로 기어올라 가서 밧줄을 좀 더 단단히 묶어 놓는다. 그러고 나니 기다리는 일 말고는 달리 할 게 없다. 할아버지 말이 맞기를, 밀물이 밀려와서 배를 들어 올려 주기를 바랄 따름이다. 망가진 엔진 걱정일랑은 나중으로 미루어 둬야지.

드럼통이 할 일은 배를 바닥에서 확실하게 끌어 올리는 거다. 그러고 나면 내가 뱃머리를 물가로 올릴 수 있다. 그런 다음에 준비해 둔 1톤짜리 윈치를 설치하고 핸들을 돌리기만 하면 된다. 그것이 내 방안인데 우드웰 할아버지도 아주 그럴싸하다고 말해 주었다.

나는 지금 이 모든 걸 한꺼번에 생각하고 있다. 밀물이 들어오고, 드럼통이 가라앉은 배 위로 떠오르고, 물속에 가라앉은 배가 어떻게 되었을지 또 기어 장치가 얼마나 망가졌을지 걱정하고, 소파에 누워 있는 아빠를 생각한다. 소파에 있는 우리 아빠와 내 앞에 펼쳐진 여름이 내가 뒤쫓고 있는 커다랗고 파란 기차 같다.

내 생각에만 푹 빠져 있어서 킬슨 선장님이 만으로 노를 저어 오는 소리도 듣지 못했다.

"스키프 비어먼!"

어찌나 목소리가 큰지 나도 모르게 움찔한다.

"무슨 일이냐, 리틀 스키프?"

킬슨 선장님이 노에 몸을 기대고 있다. 어둠 속에서도 선장님 얼굴에 드리워진 근심이 보인다. 킬슨 선장님은 우드웰 할아버지만큼은 아니지만 그래도 꽤 나이가 있다. 선장님은 노를 저으면 젊어진다고 하는데, 내가 보기엔 꼭 그런 것 같지도 않다.

"배가 가라앉았어요."

내가 말하자 선장님이 고개를 끄덕인다.

"음, 내가 보기에도 그렇구나. 너 혼자서 저 강철 드럼통을 매달았니?"

"우드웰 할아버지가 가르쳐 주셨어요."

"아, 그래. 떠오르고 나면 어쩌게?"

나는 선장님한테 윈치를 가지고 어떻게 할 것인지 설명해 준다. 선장님은 잠시 생각하고는 다시 고개를 끄덕인다.

"잘될 거다."

선장님은 그렇게 말하고 나서 예의 그 느린 말투로 묻는다.

"네 아빠는 어디 있냐?"

"잠깐 안에 들어갔어요. 금방 나올 거예요."

"그러냐? 그럼 아빠한테 안부 전해 주렴."

그러고는 선장님이 미끄러지듯 멀어져 간다. 기다란 노를 물 속에 살짝 담그고 노련하고도 부드럽게 저어 간다. 저 모습을 보니 나도 저렇게 노를 저어 어둠에 잠긴 만을 빠져나갈 수 있으면, 이 모든 것으로부터 멀어졌으면 하는 생각이 든다.

캄캄한 물 위에서 노 젓는 생각만으로도 나른해져서 잠시 독에 등을 대고 눕는다. 말뚝 주위로 소용돌이치는 물소리가 들려온다. 물결치는 소리가 마치 노인이 식식거리며 자는 소리 같다. 나도 모르는 사이 잠에 흠뻑 빠져든다.

꿈속에서 나는 깜깜한 밤에 물이 질질 새는 배를 타고 이리저리 표류하고 있다. 노를 찾을 수도 없고, 육지는 보이지도 않고, 내 목숨을 구할 길도 없다. 도와 달라고 소리치고 싶지만 목소리조차 나오지 않는다. 그래도 아무 상관 없다. 내 목소리를 들어줄 사람도 하나 없으니까.

나를 깨운 것은 독에 통통 부딪히고 있는 드럼통이다. 마침내 밑바닥에서 들어 올려져, 세상으로 돌아온, 내가 고쳐 주기를 기다리고 있는 메리 로즈 호의 지붕이 달빛만큼이나 새하얗다.

4장
용골까지 썩다

배를 살피러 한번 나와 보지도 않
은 사람이 우리 아빠다. 나는 텔레비전 소파에 늘어져 있는 아빠
를 깨워 메리 로즈 호를 건져 올렸다고 말한다. 아빠가 나를 쳐
다보는데 무슨 말인지 도통 못 알아들은 것 같은 표정이다.

"네가 그걸 어떻게 해냈는데?"

아빠가 묻는다.

내가 드럼통을 설치한 방법을 설명하자 아빠가 절레절레 고개
를 젓는다.

"너 혼자서 그걸 다?"

아빠가 다시 묻는데 마치 내가 달나라에 갔다 왔다고 자랑하
는 것만큼이나 못 믿겠다는 말투다.

"열두 살 먹은 아이가? 또래보다도 작은 게?"

"나 그렇게 안 작아! 나보다 작은 애들이 얼마나 많은데. 생각을 좀 해 보고 기초 물리학을 조금 알고 있으면 어려울 게 없는 일이야."

내 말에 아빠가 당황할 줄은 알았다. 우드웰 할아버지가 해 준 말을 내가 그대로 써먹었다는 걸 아빠가 눈치채지 못했다면 말이다. 그런데 아빠는 내가 짐작했던 것보다 더 감명을 받은 것 같은 행동을 취해 보였다. 하지만 그뿐이다. 아빠를 텔레비전 소파에서 일으켜 세우고 아빠 눈으로 직접 배를 확인하게 하기엔 역부족이었다.

윈치를 돌리고 났더니 죽도록 피곤한데도 너무 흥분되어서 잠이 오지 않는다. 뒤척이던 끝에 부두로 나가 별빛 아래서 우리 배를 황홀한 눈으로 바라본다.

어둠 속에서 짙은 그림자를 드리우고 있으니 배가 얼마나 엉망인지 볼 수도 없고 엔진이 얼마나 망가졌는지 알 수도 없다. 어둑한 밤에 보니 1년 전쯤에 페인트칠을 하려고 배를 마지막으로 끌어 올렸을 때보다 더 나빠 보이지도 않는다.

사람들은 하려고만 하면 망가진 건 언제든 바로잡을 수 있다고 한다. 그게 바로 내가 해 보려는 거다. 무슨 일이 있어도 말이다.

나는 날이 밝기가 무섭게 일어나 안달복달하며 부엌에서 난리 법석을 피우고 있다. 내 머릿속에 무슨 생각이 났는데 그걸 끝마치지 못하면 내가 그런 식으로 안달복달한다고, 엄마는 그렇게 말하곤 했다. 오늘 아침 내 머릿속엔 팬케이크가 우선이고 그다음이 배를 고치는 거다. 나는 팬케이크 만드는 데 귀신이다. 그 말도 엄마가 해 준 말이다. 아무래도 배 때문에 자꾸 엄마 생각이 나는 것 같다. 아빠는 엄마에 관한 말은 듣고 싶어 하지 않는다. 그래 봤자 아빠를 기운 빠지게 하고 또 아무짝에도 쓸모없어 엄마 생각은 아예 하지 않는 게 더 낫다는 식이다.

지금까지 아빠는 엄마를 생각나게 하는 일에 대해서도 아무 생각 하지 않으면서 꽤 잘 버텨 왔다. 그러던 아빠가 팬케이크 접시를 앞에 놓고서는 엄마 생각을 굳이 부정하지 않는다.

"이거 상자에 있던 앤트 제미마(Aunt Jemima, 상표 이름: 옮긴이)냐?"

아빠가 묻는다.

"아니, 그건 다 떨어져서 새 것으로 처음 반죽했어."

내가 말한다.

"뭐가 문젠데? 입에 안 맞아?"

"아니, 아니야. 아주 좋아, 스키프. 맛있어. 내 말은 그런 뜻이 아니라 그냥 생각나는 게 있어서…… 아, 신경 쓰지 마라."

고작 팬케이크 때문에 울고 싶어지면 안 된다. 나는, 괜찮다.

울어서 퉁퉁 부은 얼굴로 오늘 아침에 세워 둔 계획을 망치지는 않을 거다. 배도 고치고, 점심도 먹고, 그러고 나서 고기도 잡으러 가는 거다.

그런데 배는 괜찮지 않았다. 나하고도, 내 계획하고도 사뭇 달랐다. 허리를 굽혀 배 아래쪽을 들여다보니, 용골 바닥 쪽으로 널빤지 한 장이 전부 풀어진 곳이 보인다. 잭나이프로 찔러 보니 나무가 흐물흐물하다가 이내 바스러진다. 썩은 거다. 나는 어쩔 줄을 모르다가 배 안으로 올라가 바닥 판자를 당겨 올리고 그 안쪽을 들여다본다.

한 가지 확실한 건, 배 밑바닥은 절대 대낮에 살펴볼 게 아니라는 거다. 엉망이다. 말 그대로 엉망진창이다. 베 밑바닥이 전부 다 썩어 버려서 내 힘으로 고칠 수도 없으면 어쩌나 걱정스럽다. 그러면 배를 다시 물에 띄울 수도 없다. 그렇게 되면 이번 여름에 세워 둔 계획이 몽땅 날아가 버리고 만다. 타일러 크로프트가 나를 두고 늪지대의 무용지물이라고 놀려 먹은 말이 결과적으로 맞게 된다.

아니 어쩌면 아침에 팬케이크를 너무 많이 먹어서 시럽이 내 머리통으로 들어갔는지도 모른다. 엄마도 말했다시피, 가만히 보고 있다고 해서 고쳐지는 건 없다. 하지만 어디서부터 어떻게 손을 대야 할지 실마리도 잡히지 않는다. 나는 소형 보트를 타고 우드웰 할아버지 집으로 다시 노를 저어 간다.

도착해 보니 할아버지가 배를 만들었던 창고에 나와 있다. 창고는 크고 널찍한 건물로 창문이 높이 달려 있어서 햇볕이 빛살처럼 내리쬐고 있고 나무를 깎아 낸 그럴싸한 냄새가 공중에 가득하다.

할아버지는 공구 작업대 옆에 서 있지만 아무 일도 하지 않는다. 옥수수 속대로 만든 파이프 담배를 피우며 생각에 잠겨 있다. 이제는 텅 비어 버린 창고에서의 옛일을 추억하면서 할아버지가 만들어 낸 배들을 떠올려 보고 있는지도 모를 일이다.

"안녕, 새뮤얼."

할아버지가 말한다.

"배는 떠올랐냐?"

나는 할아버지가 일러 준 대로 일이 다 잘되어서 메리 로즈 호를 건져 올렸지만 당황스러운 일이 생겼다고 말한다. 용골 근처의 널빤지가 물에 불어 터져서 완전히 못 쓰게 된 것 같다고 할아버지에게 알린다.

할아버지는 잠시 파이프 담배를 뻐끔뻐끔 피운다.

"네 아빠가 고칠 수 있을 거다. 아무 문제 없다. 그런 건 네 아빠가 잘 아니까."

"아빠는 지금 뭘 고치거나 할 상태가 아니에요."

"그럼 네가 하겠다고?"

나는 즉각 고개를 끄덕인다.

"근데 뭘 어떻게 해야 좋을지 모르겠어요."

생각에 잠긴 할아버지의 차분한 회색 눈동자가 나를 빨아들인다. 이윽고 할아버지가 생각한 것을 언제나처럼 신중하고도 조심스럽게 꺼내 놓는다.

"음. 너는 배울 자세가 되어 있구나. 알겠다."

할아버지가 파이프를 뻐끔거리며 말한다.

"얼마나 망가졌는지 내가 한번 봐야겠다. 그래, 그게 먼저지. 네 보트로 나를 데려다 줄 테냐? 거기 문제의 현장으로 말이다."

할아버지가 부두에서 내 보트로 몸을 옮기는 데 오랜 시간이 걸린다. 그렇다고 할아버지를 재촉할 수는 없다. 할아버지가 자리를 잡고 나서야 나는 만으로 노를 저어 나가서 물살에 보트를 맡긴다.

우드웰 할아버지가 손을 뻗어 물속에 담근다. 웃음 가득한 눈으로 저 멀리 해안가에 줄지어 선 키 큰 소나무를 바라본다.

"덕분에 오랜만에 물에 나와 봤구나. 고맙다."

"뭘요. 도와줄 사람이 할아버지밖에 없는 걸요."

내 말에 할아버지가 목구멍 저 깊은 곳에서 올라오는 것 같은 웃음을 웃는다.

"넌 늘 그렇게 직설적으로 말하는구나, 그렇지? 네 아버지를 많이 닮았어. 네 아버지가 네 나이 때 그리고 좀 더 자라서도 내 일을 도와주었다는 걸 아냐?"

"그럼요. 아빠가 지금도 자랑하는 걸요."

"아직도? 네 아빠는 일을 퍽 빨리 배웠다. 게다가 빅 스키프는 무척 열심히 일했지. 내 말은 네 아빠가 무슨 일을 하든지 간에 제대로 하려고 열심히 했다는 뜻이란다. 네 아빠가 마음만 먹었으면 아주 훌륭한 배 기술자가 됐을 거야. 그런데 바다가 네 아빠를 끌어당겼지. 네 아빠는 광활한 하늘을 원했고. 네 아빠는 최고로 훌륭한 낚시꾼이다. 스피니 코브 최고의 작살잡이지. 의심할 여지가 없이 말이다."

"그럴지도 모르겠네요."

"아직 그대로다. 네 아빠한테 시간을 좀 주자꾸나."

"네, 할아버지. 그럴게요."

하지만 솔직히 말하면, 기껏 팬케이크를 만들어 주었더니 울음보나 터뜨리려는 사람한테 뭘 기대할 수 있을까?

우드웰 할아버지가 보트에서 우리 독으로 올라갈 수 있도록 손을 잡아주는데, 다 큰 어른인데도 얼마나 가벼운지 깜짝 놀랄 지경이다. 할아버지 뼛속이 텅 비었거나 뭐 그런 것 같다.

"저놈이구나."

할아버지가 몸을 일으키며 말한다.

"좀 둘러보마. 내가 몸을 빨리 움직이면 뭐가 문제인지 내 머리가 금세 잊어버린단다."

"네, 할아버지."

"내 나이가 몇인지 아냐, 새뮤얼?"

"몰라요, 할아버지."

"8월이면 아흔넷이란다. 네 아버지가 일을 하러 왔을 때도 난
노인이었는데 그것도 한참 전이구나."

"네, 할아버지."

"나는 눈이 안 좋아. 그래도 만져 보면 알 수 있단다."

"네, 할아버지."

"시간이 많이 걸릴 거야. 그래서 말해 주는 거란다. 참고 기다
리라고. 사내아이들이란 좀체 참을성이 없는 녀석들이거든."

꾹 참고 기다리겠다고 맹세했지만, 할아버지를 기다리는 건
나를 시험에 들게 하는 일이다. 페인트칠이 마르는 걸 지켜보는
건, 할아버지가 로즈 호를 점검하는 거에 비하면 빠른 운동이라
고 할 수 있다. 할아버지는 뼈가 앙상하게 드러난 쭈글쭈글한 손
으로 로즈 호를 뱃머리로부터 용골을 따라 선미까지 꼼꼼하게
더듬어 나간다. 할아버지가 배 아래로 들어가려면 허리를 구부
려야 하는데 너무 힘들어 보인다. 좀 거들려고 해도 할아버지가
잠자코 있으라는 눈짓을 보여서 나는 그대로 잠자코 있다.

할아버지가 배 아래에서 일을 다 마쳤을 때는 정오가 되어 갈
즈음이다

"날 좀 일으켜 주렴."

할아버지가 손을 내밀며 말한다.

나는 얼른 할아버지를 일으켜 드린다. 할아버지는 숨을 몰아쉬면서 몸을 가눈다.

"더 나빠질 수도 있겠어."

할아버지가 말한다.

"배가요? 아니면 할아버지가요?"

내가 묻는다.

내 말에 할아버지가 눈물이 맺히도록 웃음을 터뜨린다.

"고 녀석 참 재미있구나."

할아버지가 숨을 쉬는데 코 속에서 쌕쌕 하는 소리가 난다.

"자, 배 말이다. 용골 제일 바깥쪽 판이 둘 다 썩었지만 용골은 아직 쓸 만하단다. 고치지 못할 건 없다. 메리 로즈 호를 새것처럼 고치지 못할 이유가 없겠어."

나는 할아버지 말에 너무 신이 나서 아빠에게 얘기해 주려고 곧장 집으로 달려간다. 아빠가 지금 당장은 신경 쓰지 않겠지만 언젠가는……

5장
흡혈 진흙 벌레의 공격

아무래도 아빠에 대한 내 생각
이 틀린 것 같다. 배를 고칠 수 있게 된 사실을 알리자 아빠가 반
색을 하며 기뻐하고 있으니 말이다. 아니 어쩌면 우드웰 할아버
지가 나를 도와준 사실 자체를 아빠가 반가워하는지도 모르겠
다.

"고마운 아모스 영감."

아빠가 말하면서 소파에서 똑바로 일어나 앉기까지 한다.

"그 양반이 아직 살아 계신 걸 까맣게 잊고 있었구나! 아모스
우드웰! 그래, 내가 도움이 필요할 때면 늘 날 도와준 양반이지.
그 옛날부터."

"할아버지가 그러시는데 아빠가 마음만 먹었으면 진짜 훌륭

한 배 기술자가 됐을 거래."

"할아버지가 그렇게 말씀하시던?"

아빠가 흡족해 하며 말을 이어간다.

"모르겠다. 그 양반을 강아지처럼 쫄래쫄래 따르던 때가 있었어. 우리 집 사정이 몹시 안 좋을 때였어. 내 기억이 맞는다면, 그해 여름부터 초가을까지 아모스 우드웰 배 창고에서 지냈을 거야. 그때 그분이 나한테 몇 가지를 가르쳐 주셨어. 단순히 배만 가르쳐 주신 게 아니거든."

"우드웰 할아버지가 그러시는데 로즈 호에 못 고칠 정도로 잘못된 건 하나도 없대."

아빠는 눈을 비비면서 고개를 끄덕인다.

"그 양반이 모르실 리가 없을 거야. 로즈 호가 아모스 우드웰 창고에서 만들어 낸 마지막 배라는 걸."

내가 알기로는 아빠가 뭐든 그렇게 오랫동안 관심을 보인 적이 없다. 하지만 그 관심도 계속되지는 않는다. 앞으로 우리가 해야 할 일, 곧 배 밑바닥의 못 쓰게 된 널빤지며 잡동사니를 떼내야 한다는 얘기를 내가 꺼내 놓자마자 아빠 얼굴이 금세 아무 말도 듣고 있지 않은 예전 표정으로 돌아가 버린다. 그 멍한 얼굴을 텔레비전에 붙박고 내쉬는 한숨 소리라니, 열이 확 받친다.

진짜로 착한 아들이라면 어떻게든 자기 아빠가 부끄러움을 느끼지 않도록 애쓰겠지만 나도 어쩔 수가 없다. 내 목구멍 밖으로 이런 말이 툭 튀어나오고 만다.

"에이 씨, 아빠 맞아? 난 연장통 가지러 갈 거야. 아빠 연장통은 생각나? 남자라면 연장이 필요하잖아. 드라이버하고 망치 그딴 것들 말이야. 저쪽에 연장 천지니까 도와주고 싶으면……."

차라리 텔레비전에다 대고 말을 거는 게 낫겠다 싶다. 그러는 편이 오히려 속 편하겠다 싶다.

메리 로즈 호가 망가진 부분을 그대로 드러낸 채 나를 기다리고 있는 모양새가 마치 개가 다친 앞발을 들어 올리고 있는 것 같다. 우드웰 할아버지가 지금 당장 나한테 필요한 건 드라이버하고 쇠지레(pry bar, 무거운 물건을 움직이는 데 쓰는 쇠로 만든 막대기: 옮긴이)라고 했지만 망치도 가지고 왔다. 뭔가를 쾅쾅 내리치고 싶을지도 모르니까.

"안녕, 로즈."

나는 그렇게 인사를 건네고 배 밑바닥 쪽으로 미끄러져 들어간다. 뒤미처 진흙 속에 박힌 용골 쪽으로 꼼지락꼼지락 기어들어 간다. 아래쪽 판자는 아직도 물에 흠뻑 젖어 있어 방울방울 물방울이 떨어진다. 게다가 따개비를 조심해야 한다. 따개비에 정통으로 긁히면 날카로운 면도칼에 베인 것처럼 되고 만다.

"로즈야, 우드웰 할아버지가 나더러 이 널빤지 두 장을 뜯어내야 된댔어. 그래도 괜찮지?"

사내 녀석이 배한테 말을 걸고 있으니 꽤나 이상해 보일지도 모르겠다. 하지만 나는 아주 어렸을 적부터 늘 배한테 말을 걸어 왔다. 배가 대답을 하지 않아도 걱정하지 말라고, 엄마도 그렇게 말해 주곤 했다. 물론 배는 지금껏 대답 한 번 준 적 없다. 앞으로도 대답을 줄 거라는 기대는 하지도 않는다. 그렇다고 내가 말을 걸지 못할까?

"물에 잠긴 건 네 잘못이 아니야."

로즈에게 꼭 알려 주고 싶었던 말이다.

"우리 잘못이야. 너를 잘 돌보지 못했으니까. 이제 조금만 더 참으면 돼. 하나도 아프지 않게 할게."

그렇게 말하면서 나는 헐거워진 널빤지 틈으로 쇠지레를 끼워 넣는다. 조심조심해야 한다. 우드웰 할아버지는 나보고 가급적이면 한 장 전체를 그대로 떼어 내야 한다고 했다. 그래야 그것을 본떠서 똑같은 판자를 자를 수 있다. 그런데 썩은 널빤지는 다루기가 여간 힘든 게 아니다. 그래서 쇠지레를 치워 버리고 늑골(ribs, 선체의 겉모양을 이루고 있는 갈비뼈 모양의 골격: 옮긴이)에 박혀 있는 나사못을 빼낼 작정이다.

나사못을 다 빼내는 데 거의 한나절이 걸린다. 게다가 따개비에 손가락 관절이 긁힐 때마다 욕이 튀어나오는 통에 로즈 호한테 내 입이 험해서 미안하다는 말도 해야 한다.

"제기랄! 끔찍하고…… 냄새나고…… 거지같은…… 빌어먹을 따개비!"

첫 번째 널빤지를 뜯어내려고 기를 쓰고 있는데, 뭔가가 내 몸을 막 깨문다. 후다닥 일어나 앉는 바람에 머리통을 판자에 쿵 소리 나게 부딪힌다. 그런다고 내 험한 입이 어디로 갈까? 절로 씩씩거리는 입에서 욕이 다 내뱉어지기도 전에 꿈틀거리는 뭔가가 또 나를 깨물어 댄다. 그러더니만 꿈틀꿈틀하는 것들이 갑자기 덩어리째 내 속옷 속으로 내리쏟아져서는 내 몸을 마구잡이로 기어 다니면서 사정없이 깨물어 댄다.

나는 죽을힘을 다해 배 밑에서 기어 나온다. 몸을 제대로 가누고 나서야 무슨 일인지 알아낸다. 진흙 벌레! 한곳에 너무 오랫동안 드러누워 있어서 진흙 벌레가 모여든 거다. 나는 쌍욕이 터질 만큼 화가 치밀기도 했지만 한편으로 무섭기도 했다. 망할 진흙 벌레들이 아직도 나를 줄기차게 물어뜯고 있으니 말이다.

그때 겨우 하나 생각해 낸 게 바지를 벗고 물속으로 뛰어드는 거다. 효과가 있다. 차가운 물에 철썩철썩 부딪치면서 속옷을 흔들어 주니 벌레들이 떨어져 나간다. 그런데 그걸로 끝이 아니다. 전혀 아니다. 내가 물을 헤치며 물가로 걸어 나와 바지를 집어 올리자마자 저놈의 원숭이가 야유를 퍼부어 댄다. 원숭이란 다름 아닌 타일러 크로프트 녀석이다.

"어렵소! 야 가재잡이! 거기가 너 목욕하는 데냐? 그 더러운 시궁창 물이!"

운도 참 더럽게 없다. 타일러뿐만이 아니라 저 윗동네의 좀 사는 녀석들 두 명이 더 있다. 조이 글리슨하고 파커 빌이다. 파커는 나보다 크지도 않으면서 타일러 따위와 어울리며 자기가 세졌다고 착각하는 녀석이다. 세 녀석 다 번쩍번쩍하는 산악자전거를 탄 채 뻐기고 있다.

"야, 스키피!"

파커 빌이 지껄인다.

"팬티에 진흙이 들어간 거냐? 바지에다 똥을 싼 거냐?"

"궁금하면 직접 와서 확인해 보지 그래?"

내가 말한 대로 될 일은 없다. 100달러짜리 신발을 망칠까 봐 겁이 나서라도 다가오지 못할 녀석이니까. 얼마 있다가 녀석들은 나를 놀려 먹는 것도 지겨운지 킬킬거리며 자전거를 타고 가 버린다.

또 그렇게 놀림을 당했으니 내 기분이 나빠야 정상일 거다. 그런데도 나는 그것을 문젯거리로 받아들이지 않는다. 내가 아주 멍청해 보여도 할 수 없다.

피를 빨아먹는 진흙 벌레. 지금 나한테 심각한 문제는 그것밖에 없다.

진흙 벌레가 내 피를 빨아먹는다는 얘기를 아빠한테 말해 봤자 아무 소용 없을 거다. 기껏 하는 소리가 늪지대 사내아이라면 무턱대고 진흙 바닥에 눕지 않을 거라는 들으나 마나 한 잔소리일 테니까. 어쨌든 내가 다 씻고 났을 때 아빠는 이미 잔뜩 취해서 입도 벙긋하기 싫어한다.

이미 말했다시피, 어떤 애들 아버지는 술에 취했다 하면 집안 살림을 때려 부수거나 엄마를 때리거나 하면서 그보다 더한 짓도 서슴지 않는다. 우리 아빠는 그러지 않는다. 소파에 누워서 아무 말도 하지 않는다. 아빠가 취했는지 알 수 있는 방법은 술 냄새하고 땅이 꺼져라 내쉬는 한숨뿐이다.

"안녕, 아빠."

내가 이어 말한다.

"텔레비전 봐도 돼?"

아빠가 끙 하고 앓는 소리를 낸다. 그렇게 하라는 뜻이다. 나는 쥐가 파먹은 것 같은 소파 옆에 있는, 마찬가지로 낡고 지저분한 의자에 털썩 주저앉아 텔레비전 화면을 바라본다.

내가 좋아하는 프로그램이 나오고 있다. 경찰이라든가 변호사가 범죄 따위를 해결하는 쇼인데 끝에 가면 무슨 문제든지 전부 해결된다. 세상 일이 정말로 저렇게 술술 풀려 준다면 얼마나 끝내줄까? 만약 내가 배를 끌어 올리면, 아빠가 술을 딱 끊고 새로운 모습으로 싹 바뀐다든가 하는 일이 실제로 일어나 준다면 말이다.

현실 세상은 그렇게 돌아가지 않는다. 내가 배를 끌어 올렸는데도, 널브러진 맥주 캔이며 모든 게 다 그대로 있다. 그래도 뭐 괜찮다. 우리 둘 다 같은 쇼를 보면서 같은 생각을 하고 있을지도 모르니까.

결국 아빠는 프로그램이 끝나기도 전에 곯아떨어진다. 그럴 줄 알았다. 나는 텔레비전을 끄고 말한다.

"제대로 자. 빈대한테 물리지 말고."

내가 2층 계단을 반 정도 올라갔을 때 아빠가 잠꼬대인 양 내지른다.

"네 엄마도 그렇게 말했어."

"지금도 엄마는 그렇게 말해."

나는 그렇게 대꾸한다. 내 머릿속에서는 진짜로 그러니까.

아빠는 아무 말도 하지 않는다.

6장
환상의 짝꿍

우드웰 할아버지 배 창고에 가면 갓 깎아 낸 나무 냄새며 니스 냄새가 나서 참 좋다. 숨을 깊이 들이쉬면 머리가 맑아지면서 마음이 편안해진다. 할아버지가 그 쪼그만 옥수숫대 파이프로 내뿜는 담배 연기마저도 냄새가 구수하다. 거기선 모든 냄새가 다 잘 어울린다.

내가 뜯어낸 널빤지를 창고로 끌고 들어가니 할아버지가 작업대 의자에 앉아서 숫돌에 끌을 갈고 있다.

"안녕, 새뮤얼."

할아버지는 고개를 들지 않고도 나인 줄 안다.

"거기 모탕(sawhorses, 나무를 패거나 자를 때 받쳐 놓는 나무토막: 옮긴이) 위에 올려놔 주렴. 편백나무 판자 옆이 좋겠구나."

나는 널빤지를 내려놓고 나서 바지에다 손을 쓱쓱 문지른다.

"생각보다 시간이 엄청 걸렸어요."

할아버지가 고개를 끄덕이며 끝을 부드러운 천으로 감싼다.

"뱃일이란 게 그런 법이란다."

나는 왼쪽 호주머니에 손을 집어넣어 봉투를 꺼낸다.

"지금 당장은 새 나무 값으로 28달러밖에 드릴 수가 없어요."

나는 할아버지를 보고 말한다.

"그러니 이 돈만큼만 하면 안 될까요?"

할아버지가 빙그레 웃는다.

"내가 나무 값으로 너한테 받을 돈을 정확히 셈해 봤다."

할아버지가 말한다.

"그런데 아무것도 없지 뭐냐."

"누가 할아버지한테 돈을 줬어요?"

"우리 아버지가 주셨단다. 아주 오래전에. 아버지가 나한테 아주 좋은 편백나무가 우거진 조림지를 물려주셨단다. 그래서 내가 배 만드는 사업에 착수할 수 있었지. 그만한 편백나무가 있는데 내가 뭐라도 쓸 만한 일을 해야 했겠지, 안 그러냐?"

"알겠어요."

"그러니 그 돈은 넣어 둬라. 나중에라도 엔진을 고치려면 돈이 많이 든다. 그게 필요할 거야."

우리는 모탕으로 다가간다. 할아버지가 나한테 삭은 널빤지를 새 나무 위에다가 죔쇠(clamps, 나무오리 같은 것을 물려 죌 수 있도록 쇠로 만든 연장의 하나: 옮긴이)로 고정시킨 다음 연필을 가지고 본을 뜨는 방법을 가르쳐 준다. 내가 본을 다 뜨고 나자 할아버지는 죔쇠를 치우고 새 판자를 띠톱 탁자(band-saw table, 띠 모양으로 된 강철의 한쪽에 톱니를 만들고 두 끝을 이어 둥근 고리 모양으로 만든 띠톱을 기계에 장착하여 고속으로 회전시켜 금속·목재 등을 절단하도록 만든 판: 옮긴이)로 옮기라고 한다.

"조심조심해야 한다."

할아버지가 말한다.

"칼날에 절대 손이 닿으면 안 돼."

"저보고 이걸 자르라고요?"

"나는 눈이 침침하지 않냐, 새뮤얼. 어디 선이 보여야지. 내가 처음부터 하나하나 다 설명할 거다. 첫째, 절대 급하게 자르지 않는다. 둘째, 칼날이 자르게 한다. 억지로 하지 말라는 뜻이다. 셋째, 이건 초보자가 특히 유의해야 한다. 선에 너무 바짝 닿지 않게 자른다."

우리는 띠톱 탁자 위에 새 널빤지를 잘 맞추어 놓는다. 할아버지가 시동 단추를 누르자 띠톱 날이 윙윙 돌아가기 시작한다.

"앞으로 조심조심 움직여 봐라."

할아버지가 널빤지 위 내 손 바로 옆에 한 손을 올려놓으며 말한다. 내가 실수를 해서 새 널빤지를 망칠까 봐 겁을 내고 있다는 걸 할아버지는 다 알고 있다.

"작은 보트를 물살 위로 몰고 갈 수는 있지?"

할아버지가 묻는다.

"그럼요. 그러니까 제가 여기 있죠."

"이 판자를 보트라고 생각해라. 너는 이 판자를 모는 거란다. 칼날이 선 옆에 있게 해서 말이다."

무슨 말인지 알 것 같다. 처음에 나는 벌벌 떨면서 칼날이 나를 앞서 갈까 걱정했지만, 그러다가 문득 깨닫는다. 날이 움직이는 게 아니라 널빤지가 움직이는 거다. 따라서 내가 일을 내기 전에는 아무 일도 일어나지 않는다. 그다음부터 우린 아주 잘 해 낸다.

내가 널빤지를 다 자르고 나자, 우드웰 할아버지가 나더러 그것을 벤치 바이스(bench vise, 기계 공작에서 공작물을 끼워 고정하는 기구: 옮긴이)에 넣어 고정시키게 한 다음 작은 대패를 잡는다.

"이 부분은 내가 아직 할 수 있지."

할아버지가 말한다.

할아버지는 연필 자국이 난 끝을 손으로 죽 만져 나가면서 대패질을 한다. 아주 얇게 깎아 내서 매끄러워진 나무 표면이 연필선에 딱 닿는다.

"어떠냐?"

할아버지가 묻는다.

"선이 안 보이면 말해라."

"완벽하게 딱 맞아요, 할아버지."

내 말에 할아버지가 씩 웃으면서 고개를 끄덕인다. 마치 시작할 때만 해도 제대로 해낼 수 있을지 확신이 서지 않았던 것처럼.

새 널빤지 모양을 다듬고 나서 우리는 잠시 쉰다. 할아버지는 파이프를 뻐끔뻐끔 빨고 나는 레모네이드를 벌컥벌컥 마시고 나서 기운 나게 쿠키도 한 접시 먹는다. 쿠키를 우적우적 씹으면서 창고를 슬쩍 둘러본다. 창고 벽의 구석진 그늘 속에 있는 크고 오래된 작살 하나가 내 눈에 들어온다. 커다란 다랑어를 잡을 때 쓰던 것 같은, 아주 가느다라면서도 성능이 좋은 기다란 작살이다. 우리 아빠가 텔레비전과 술에 빠지기 전에 잡았던 것과 똑같은 모양새다.

"네 아빠 거란다."

내가 쳐다보는 것을 알아차리고는 할아버지가 말한다.

"네 아빠가 직접 모양을 다듬었다. 나하고 같이 일하던 해에 만들었지. 그게 이 창고에서 만든 마지막 작살이란다. 기념품으로 여기 남겨 뒀다."

"기념품이 뭐예요?"

"우정의 표시. 어떤 사람을 생각나게 하는 것."

할아버지는 뭔가 할 말이 더 남은 것 같은 표정인데도 망설이

다가 만다. 내가 지금 당장의 아빠에 대해서도 그렇지만, 아빠가 옛날에 쓰던 작살이 얼마나 멋졌는지 또 좋았던 시절에는 커다란 물고기를 얼마나 많이 잡았는지에 대해서도 말을 나누고 싶지 않은 기분이라는 걸 할아버지가 알고 있는 것 같다.

할아버지는 담배를 다 피우고 나서 작업대로 돌아간다. 다른 대패를 꺼내 들면서 새 널빤지 모서리를 비스듬하게 깎아 내야 용골에 꼭 들어맞는다고 설명해 준다.

"여기가 특히 어려운 부분이지."

그렇게 말하고 나서 할아버지가 대패질을 해 보인다.

"다행히 그 용골을 내가 잘 안다. 어디가 굽었는지도 기억하지."

"저도 이걸 해야 해요?"

"우선은 잘 지켜보면서 내가 잘못하지나 않는지 확인해라."

물론 할아버지가 나를 놀리는 소리다. 할아버지는 틀림없이 오랫동안 실수 한 번 하지 않았을 거다. 할아버지가 대패를 잡고서 모서리를 미끄러지듯이 스치는 것만 봐도 알 수 있다. 할아버지가 쓱쓱 스치는 대로 생기는 대팻밥이 곱슬곱슬한 날개처럼 보이는 얇은 나뭇조각 속으로 하늘하늘 떨어져 내린다.

"냄새 좋지?"

할아버지가 묻는다.

"이래서 사람들이 갓 자른 편백나무를 좀이 들지 못하게 서랍장이나 옷장에 넣어 두는 거란다. 이 나무판자는 여기 이 창고에서만 거의 20년 세월을 묵었는데도 아직도 나무 향이 살아 있지 않냐. 세상에 이만한 게 없다."

새 널빤지를 만드는 데 하루 종일이 걸린 셈이다. 일이 끝나자 할아버지는 뒤로 물러나서 우리의 합작품을 감상해 보자고 한다.

"나쁘지 않군!"

할아버지가 말하면서 흡족한 듯 고개를 끄덕인다.

"조금도 나쁘지 않구나. 어린 소년하고 눈 침침한 괴짜 영감이 만든 것치곤 말이다. 내 생각엔 우리가 썩 괜찮은 팀 같은데, 새 뮤얼, 안 그러냐?"

"정말 그래요, 할아버지."

내가 말한다.

"환상의 짝꿍이에요."

7장
망치 두드리는 소리

　　　　　　　　새 널빤지를 붙이는 데 꼬박 이
틀이 걸렸다. 진흙 벌레한테 된통 당해 봐서 나는 낡은 합판 한
장을 끌어내 그 위에 드러누웠다. 그러고는 할아버지가 가르쳐
준 대로 널빤지를 늑골에 단단히 고정시켰다. 그런 다음에 나사
못 구멍을 뚫고 나사못을 박아 넣었다. 전부 100개하고도 10개
나 되어서 시간이 한도 끝도 없이 걸렸다. 나사못을 덮는 플러그
도 씌워야 했는데 그 작업 역시 한도 끝도 없이 걸렸다.

　그래도 덕분에 배 밑바닥에 대해서는 충분히 알게 되었다. 움
푹 들어간 부분이나 이음매는 물론이고 예전에 수리한 적이 있
는 부분까지 다 알아냈다.

　"이제 오래 걸리지 않을 거야."

나는 계속 배한테 말을 건다.

"하루 이틀이면 네 마음대로 물 위를 둥둥 떠다닐 수 있을 거야. 엔진이 망가지지 않았다면 나를 데리고 나가 물고기를 잡아서 돈을 벌게 해 줄 텐데, 그렇지 로즈야? 넌 물고기가 어디 있는지 늘 기가 막히게 알아냈잖아."

한 번은 킬슨 선장님이 배를 타고 건너와 내가 작업한 걸 살펴본다. 선장님은 예인선(tugboat, 다른 배를 끌고 가는 배: 옮긴이)을 몰았는데, 예인선은 강철로 만든다. 선장님은 나무배에 대해서도 한두 가지는 알아서 내가 지금까지 아주 잘해 왔다고 칭찬해 준다.

"아모스 우드웰 씨께 전화로 들었다."

선장님이 말한다.

"네가 다 되면 목화솜 넣는 걸 도와주라고 나한테 부탁하시더구나. 네가 허락한다면 말이다."

웃음이 나오려고 한다. 킬슨 선장님처럼 멋지고 당당한 신사분이 나를 도와주는 데 허락을 구하고 있으니. 목화솜을 넣는 건 그렇잖아도 걱정거리였다. 목화솜을 제대로 넣지 못하면 새 널빤지를 갖다 붙여 놔도 다시 배에 물이 샐 거라고 할아버지가 알려 줬기 때문이다.

로즈와 내가 준비된 그날, 킬슨 선장님하고 우드웰 할아버지 두 분이 함께 선장님의 빨간색 포드 픽업트럭을 타고 들렀다. 할아버지는 캔버스 천으로 된 연장 가방을 가져왔는데, 코킹 철 (caulking irons, 두 물체를 이은 자리인 이음매나 균열 따위의 틈을 메우는 철: 옮긴이), 큰 나무망치, 솜털이 보풀보풀한 하얀 목화솜 한 타래가 들어 있다. 할아버지가 그걸 킬슨 선장님에게 건네며 말한다.

"망치질 한번 제대로 해 보자고, 알렉스!"

어떻게 하냐 하면, 먼저 널빤지와 용골 사이의 이음매에 무딘 조각칼처럼 생긴 코킹 철의 넓은 칼날로 목화솜을 밀어 넣는다. 그다음에 나무망치로 조각칼을 탕탕 두드려 솜이 자리를 잡게 하면 된다. 제대로 하면 나무망치를 칠 때마다 코킹 철이 딩딩 울린다. 그러고 나면 나중에 나무가 물에 불어 팽창하면서 목화솜을 꽉 눌러 죄어 널빤지가 새지 않게 된다.

우드웰 할아버지 말씀으로는, 사람들이 처음 나무로 배를 만들었던 당시부터 이런 방식으로 많이들 해 왔으니까 걱정할 것 없다고, 다 잘될 거라고 한다.

내가 맡은 일은 이음매를 따라서 코킹 철을 움직이는 거다. 그러면 킬슨 선장님이 커다란 나무망치로 내가 잡고 있는 코킹 철을 쾅쾅 내려친다.

"빗나가지 않도록 최선을 다하마."

선장님이 장담한다.

선장님 망치는 2시간 동안 단 한 차례도 빗나가지 않았다. 너무나 고맙게도. 그런데 코킹 철을 움켜잡고 얼마나 힘을 주고 있었던지 손이 말도 못하게 아프다. 끝에 가서는 망치 두드리는 소리가 내 뼛속 깊은 곳에서 울려 나오는 느낌이 든다.

목화솜이 자리를 잡은 후에야 킬슨 선장님이 배 아래에서 기어 나온다. 몸에 묻은 먼지를 툭툭 털어 내면서 선장님이 말한다.

"나머지는 네게 맡기마."

선장님하고 우드웰 할아버지는 부두에 앉아서 내가 튜브에 담긴 코킹제(caulking compound, 공업 재료로, 이음매나 균열 따위의 틈을 메우는 물질: 옮긴이)를 가지고 이음매를 메우는 걸 지켜본다. 두 분은 이렇게 고함치기도 한다.

"이게 바로 사는 맛이네. 꼬마가 어른 일 하는 걸 지켜보고만 있으니 기분 최고지 않나! 한눈팔지 말고 잘 달라붙어서 해라. 안 그러면 코킹이 너한테 달라붙을 테니까!"

그런 말이 들려와도 나는 신경도 쓰지 않는다. 타일러 크로프트가 나를 못살게 구는 것하고는 차원이 다른 얘기니까. 저런 노인 양반들은 자신들이 좋아하지 않는 사람이라면 아예 놀려 먹지도 않으니까.

내가 마침내 배 밖으로 기어 나오자 킬슨 선장님이 고개를 설레설레 저으며 말한다.

"이봐 젊은이, 자네 몸에 묻힌 것만큼이나 저 선체에도 코킹을 듬뿍 묻혀 주었기를 바라네."

나는 너무 힘들어서 선장님 농담을 받아치지도 못한다.

피곤해 죽을 지경이더라도 빨리 내일이 됐으면 좋겠다. 이제 내일이 되면 널빤지가 제대로 방수가 되는지 알게 된다. 바로 내일이면 메리 로즈 호가 물고기를 잡으러 나갈 준비가 됐는지 어떤지 알게 된다.

앞으로는 아빠가 배에 대해 물어보지 않는다면 나도 굳이 말하지 않을 작정이다. 아빠가 원하지 않는 일을 억지로 밀어붙이기도 넌더리가 난다. 그래 봤자 결국 내 기분만 우울해지고 이래저래 모양만 사나와진다. 우울한 기분이 들면 부루퉁한 채로 그냥 비참해지면 된다. 우울한 기분이 들 것 같으면 아예 비참해지는 것만이 나를 행복하게 만들어 준다. 말도 안 되는 소리 같지만 그게 사실이다.

그래서 우울해지는 건 이젠 사양이다. 그냥 아빠한테 저녁밥이나 차려 주고 아빠가 먹는 걸 지켜본다. 빈 술병을 가지고 나와서 쓰레기를 치워 가는 사람들이 뭐라고 떠들어 대지 못하도록 헛간에 숨겨 놓는다. 일찍 잠자리에 들어가 챙겨 둔 만화책을 읽는다. 헛간에서 찾아 낸 『플래시(The Flash)』, 『그린 랜턴(Green Lantern)』, 영화로 만들기 전의 『배트맨(Batman)』이다. 내가 이 만화책을 이미 수도 없이 읽어서 아는 거지, 정말로 그 페이지를 보고 아는 것도 아니다.

나는 지금 만화책을 보면서 메리 로즈 호를 보고 있다. 전처럼 심하게 물이 새어 들어가서 다시 가라앉아 버리면 어쩌나 걱정하고 있다. 그러면서 나는 계속 로즈 호를 고쳐 주려고 하고 로즈 호는 계속 가라앉으려고 한다. 그 시점에서 내가 잠이 들어 꿈을 꾸고 있다는 걸 알아차린다. 그렇지만 나는 꿈에서도 잠에서도 깨어나지 못한다. 마침내 자명종이 울린다.

따르릉따르릉, 따르릉따르릉.

행운아 너도 그렇게 내게로 따르릉따르릉 달려와 주라. 그러면 제대로 확실히 써먹어 주마.

8장
수리공의 말

아침에 밀물이 들어올 즈음, 나는 모든 준비를 끝냈다. 윈치를 독의 수심이 깊은 쪽에 설치해놓고 메리 로즈 호가 해안에서 벗어나 나아가도록 했다. 밧줄로 로즈를 독 옆에 나란히 묶어 고정시켜서 떠내려가 버리지 않게 했다. 그러고는 두 손은 물론이고 두 발까지 동원해서 빌고 또 빌었다. 제발이지 로즈 호가 엉망으로 물이 새지 않기를.

만에 안개가 엷게 낀 아침이다. 해수면이 따뜻해지기 시작하는 여름이면 일어나는 현상이다. 완전한 안개로 볼 만큼 충분히 짙지 않은, 뭐랄까, 그저 엷고 성긴 안개 망울이 모든 것을 아련하게 만들어 놓고 있다. 물가가 어디에서 끝나고 물이 어디에서 시작되는지도 알 수 없다. 키 큰 소나무들이 하늘로 녹아드는 것처럼 보인다.

만에 안개가 끼는 때가 대체로 고기 잡기에 좋은 때다. 물고기는 은은한 빛에서 먹이 먹는 걸 좋아한다. 여느 때라면 오늘 같은 날 나는 소형 보트를 타고 나가 줄무늬 농어를 찾았을 거다. 그런데 그렇기는커녕 지금 나는 누가 내 배를 한 방 먹인 것처럼 배를 움켜잡고서 있는 대로 뱃속을 졸이고 있다. 일이 제대로 될지 어떨지 확신할 수 없어도 어서 빨리 일이 끝나기만을 기다리면서.

내가 급하다고 밀물을 재촉할 수는 없다. 밀물은 자기 마음대로니까. 드디어 밀물이 협조해 줄 기미를 보인다. 마침내 밀물이 말뚝의 최고 수위 점까지 와 닿는다. 나는 줄이 팽팽해질 때까지 윈치를 돌려 크랭크를 몇 번 감아 준다. 그러고 나서 몇 분 기다렸다가 다시 크랭크를 감아 준다. 그리고 또다시 반복한다.

그게 배를 풀어 주는 방법이다. 한 번에 몇 센티미터 정도씩. 배를 풀어 주는 건 얼음이 녹는 것을 지켜보는 것만큼이나 재미있다. 그러다가 갑작스럽게 윈치 줄이 느슨해지면서 메리 로즈 호가 자유롭게 떠간다.

일이 너무 쉽게 된 것 같아서 내가 확인할 일이 걱정된다. 하지만 나는 배 위로 껑충 뛰어올라 간다. 곧장 배 밑바닥으로 기어들어 가서 조심스럽게 살펴본다. 배 안쪽이 말라 있다. 물이 샌다고 말할 게 없는 상태다. 새 널빤지 위를 손으로 쓱쓱 훑어

나간다. 이음매에서 약간의 물기가 느껴진다. 하지만 우드웰 할아버지가 말했다시피, 전혀 문제 되지 않을 정도다.

"고마워, 로즈야."

나는 그제야 로즈에게 말을 건넨다.

"포기하지 않고 진짜 잘 견뎌 냈어."

펄쩍펄쩍 뛰어오르며 '만세!' 라도 불러야 하는 게 아닌가 생각하는데 부두를 따라 다가오는 발자국 소리가 들린다.

아빠가 거기 서 있는데 흰 우유처럼 창백한 모습이다.

"깜짝 놀랄 일이다."

아빠가 눈을 비비대며 말한다.

"네가 해내다니."

아빠 목소리로 봐서는 별로 좋아하는 것 같지도 않다. 게다가 아빠 얼굴은 귀신이라도 본 것 같은 표정이다.

마이크 할리라는 디젤 기계공 아저씨가 약속한 대로 오후에 들러 주었다. 전화번호부에서 아저씨를 찾아내 부탁했었다.

"빅 스키프는 어디 가고?"

그게 아저씨의 첫마디다.

"아빠 감기에 걸렸어요."

나는 아저씨한테 그렇게 둘러댄다.

"감기라고?"

아저씨가 나를 못 믿겠다는 듯이 우리 집을 올려다보지만 곧 신경 쓰지 않고 말한다.

"메리 로즈 호가 가라앉았다고 들었다. 네 아빠가 나한테 전화한 줄 알았는데."

"아빤 전화를 별로 좋아하지 않아요."

마이크 아저씨가 이상하다는 표정으로 나를 본다.

"그러냐?"

"엔진을 봐 주시면 돈은 제가 드릴게요."

나는 아저씨한테 돈 봉투를 보여 준다. 우드웰 할아버지한테 드리려고 했던 그 봉투다.

마이크 아저씨가 고개를 젓는다.

"점검하는 건 공짜다. 바닷물에 잠겼던 엔진인데 좋은 소식은 기대하지 말았으면 좋겠구나."

"하지만 아저씨라면 고칠 수 있어요."

"그거야 상태 나름이지. 어디 한번 보기나 하자."

아저씨는 렌치(wrench, 볼트나 너트를 죄거나 푸는 데 사용하는 공구로 스패너라고도 한다: 옮긴이) 상자를 들고 조정실로 들어간다. 엔진 덮개가 부풀어 올라서 꼼짝도 하지 않는다. 아저씨는 한숨을 내쉬면서 고개를 설레설레 젓는다. 물에 가라앉았던 배가 어떤 상태인지 전체적인 감이 잡히면서 뱃속이 거북해진 것 같은 모습이다. 아저씨는 쇠지레를 가지고 해치(hatch, 사람이나 화물 따위의 출입을 위하여 설치한 갑판의 개구부: 옮긴이)로 향한다. 경첩이 꼬리를 밟힌 고양이처럼 울어 댄다. 어쨌거나 아저씨는 경첩을 따고 문을 연다.

"여긴 아무 이상 없군."

아저씨가 말한다. 나한테가 아니라 아저씨 혼자 하는 말이다. 아저씨가 다시 엔진 옆으로 내려온다. 내가 빤히 쳐다보고 있는 걸 아저씨가 좋아하지 않는다는 것쯤은 나도 안다. 나는 독 끝에 가서 앉아 아저씨가 일을 끝내기를 기다린다.

그리 오래 걸리지 않는다.

"스키피라고? 너를 그렇게들 부르냐?"

아저씨가 내 옆에 앉아 목을 가다듬더니 침을 물에 뱉는다.

"좋은 소식을 주면 좋으련만. 얘야, 난 그저 그런 늙은 수리공에 불과하단다. 하지만 오랫동안 배 엔진을 살폈더니 진상을 알아볼 만큼은 된다."

"그러니까 고칠 수 있다는 거죠?"

아저씨가 나를 애처롭다는 표정으로 바라본다.

"기름을 좀 치고, 키를 돌리고, 그러고 나면 배가 움직이는 걸 말하는 거냐?"

"아무거나요."

그렇게 말해 놓고는 아저씨가 내 마음을 읽은 것 같아 창피스럽다.

"그건 기적일 거다, 녀석아. 내 경험상 배 엔진에 기적 같은 건 일어나지 않더구나."

"그럼 고칠 수 없겠네요."

"잠깐만. 내 말을 끝까지 들어 봐라. 이건 고칠 수 있느냐 없느냐 하는 그런 간단한 문제가 아니란다. 물에 가라앉기 전부터 배기장치 다기관(exhaust manifold, 실린더 내연기관의 흡기관·배기관을 각각 몇 개씩 또는 전부를 한데 모은 것: 옮긴이)이 거의 다 녹슬어 구멍이 나 있었어. 진작 다 갈아 줬어야 했어. 스타터(starter, 자동차 엔진 따위의 시동 장치: 옮긴이)도 닳았어. 그런데 디젤 스타터는 아주 비싸단다."

마이크 아저씨의 말이 점점 빨라진다. 마치 하기 싫은 말을 빨리 해치워 버리고 싶어 하는 것 같은 말투다.

"전선도 다 싹 갈아 줘야 하고."

아저씨가 손가락을 꼽아 가며 말을 이어 간다.

"배터리도 새로 갈아야 하고, 아마 새 피스톤도 필요할 거다. 그건 머리 부분을 떼 내 봐야 알 수 있다. 베어링도 새로 갈아야 하는데 그건 확실하고. 그러니까 내 대답은, 그래, 고칠 수는 있다. 하지만 배를 완전히 싹 뜯어고치는 거나 마찬가지라는 얘긴데, 알아듣겠니?"

"얼마나 드는데요?"

그렇게 묻는데 한심할 정도로 얄팍한 돈 봉투가 떠오른다.

마이크 아저씨는 마치 자신이 물에 빠진 사람인 양 한숨을 길게 내쉰다.

"어부 할인을 받는다고 쳐도 5,000달러가 드는 일이란다. 최소한으로 잡아서 그렇고 돈이 더 들 수도 있어. 엔진을 본격적으로 분해해서 고칠 게 더 나오면."

무슨 말을 해야 좋을지 모르겠다. 5,000달러는 어마어마한 돈이다. 우리 아빠가 물고기를 잡고 있고 운이 아주 좋아서 빠른 시일 안에 그만한 돈을 벌 수 있다면 모를까, 지금으로선 엄두도 못 낼 돈이다.

언젠가 다랑어가 한창 철일 때, 아빠가 한 달 만에 새 차나 다름없는 픽업트럭을 살 만큼 돈을 벌었던 적이 있다. 하지만 이젠 배가 없어서 아빠가 물고기를 잡으러 나갈 수도 없다. 그러니까 지금 5,000달러는 나한텐 500만 달러나 마찬가지다.

"저 말이다, 네 아버지보고 나한테 전화하라고 그래라. 내가 직접 얘기하마."

아저씨가 떠나기 전에 다른 얘기를 몇 가지 더 하는 것 같지만 하나도 귀에 들어오지 않는다. 올여름이 가기 전에 5,000달러를 어떻게 벌 것인가, 거기로만 내 머리가 빠르게 굴러가고 있다. 그것만이 온 머릿속을 가득 채우고 있다.

9장
도대체 몇 마리를 잡아야 하지?

"그래 마이크 아저씨가 뭐라던?"

아빠가 물어본다.

나는 짧고 간단하게 대답한다.

"총 5,000이라고? 더 나올 줄 알았는데."

"우리 그만한 돈 있어?"

내가 물어본다.

아빠는 소파 위에서 어깨를 으쓱해 보이고는 다른 쪽 천장을 물끄러미 바라본다.

"없다는 거 너도 알잖아."

아빠가 대답한다.

"그럼 뭐 달라질 것도 없네, 안 그래?"

아빠가 눈을 가린 채 나를 바라본다.

"나한테 화내지 마라, 스키피. 내 자식이 나한테 화를 내면 참지 못할 거 같으니까."

그 말을 들으니 되게 꺼림칙해진다. 사실이 그렇기 때문이다.

우리가 가난하다고 해서 아빠한테 화를 내는 건 옳지 않다. 나도 그걸 알기 때문에 이렇게 말한다.

"점심 먹을래? 오늘은 치즈가 들어간 샌드위치야."

샌드위치가 준비되었을 즈음엔 내 우울한 기분도 싹 가신 상태다. 내가 돈을 벌어서 우리 문제를 전부 해결할 계획을 세웠기 때문이다.

지금껏 나는 로즈 호에만, 로즈를 고치는 데에만 온 정신을 집중해 왔다. 그것만 너무 열심히 생각하느라 세상에 로즈 호만 있는 게 아니라는 사실을 잊고 있었다. 아빠가 내 아홉 번째 생일에 만들어 준 스키프 호가 있다. 그 보트로 만을 백만 번은 오르내리면서 항구 곳곳을 종횡무진으로 누비고 다녔다. 내 스키프 호가 돈벌이를 하러 나서지 못할 이유가 없다.

점심을 먹고 나서 계산기를 꺼내 든다.

좋아, 자 시작이다. 스키프 호가 나하고 가재 덫 세 개를 실을 만큼 크다고 가정한다. 한 번에 세 개씩. 지금 당장 부두에 쌓아 놓은 덫만 해도 멀쩡한 상급품으로 200개나 된다. 전부 소지 허가를 받은 거고 상표도 그대로 붙어 있다. 아빠가 고기잡이를 그만둔 다음부터 건드리지도 않은 상태다. 내가 그 덫을 한 번에 세 개씩 가져오면, 덫 200개 전부를 2주일 정도 쓸 수 있다.

매년 이맘때마다 조합에서는 바닷가재를 1파운드(pound, 무게 단위로 1파운드는 453.59그램: 옮김이)에 2달러씩 쳐 준다. 그러니까 가재 2,500파운드를 잡으면 메리 로즈 호 엔진을 수리할 수 있다는 계산이 나온다. 엄청난 얘기 같지만, 덫 하나가 가재를 열세 마리 정도 잡으면 된다는 뜻이다. 그러면 확실히 성공이다.

바닷가재 열세 마리. 그뿐이다. 13이 엔진을 고치는 마법의 숫자다. 올여름 내내 덫 하나가 가재 열세 마리를 잡으면 된다. 덫 하나로 1주일에 바닷가재 두 마리를 잡는 것하고 똑같다! 진짜 식은 죽 먹기 같아서 내가 무엇 때문에 그렇게 걱정을 했는지도 모르겠다.

무엇보다 좋은 건 당장 일을 시작할 수 있다는 거다.

아빠가 알아봤자 아무 소용 없겠지만, 나는 너무 신이 나서 아빠한테 되는대로 말해 버린다. 아빠는 계산이 적힌 종이쪽지를 흔들어 대는 나를 바라보더니 눈을 감고 한숨을 푹 내쉰다.

"말처럼 쉬운 게 아니야. 미끼, 잃어버려 못 찾는 덫, 배의 기름 값을 빼먹었잖아. 게다가 도움이 안 되는 바닷가재가 있다는 거, 너도 알잖아."

"중요한 건, 내가 돈을 벌 거라는 거야."

"네 또래의 사내아이는 친구들하고 놀아야 맞아."

말했다시피 아빠한테 말해 봤자 아무 소용이 없다. 아빠는 어떤 일이 생길 때마다 늘 나쁜 쪽으로만 생각한다. 어차피 잘못될 일을 가지고 왜 굳이? 라는 식이다. 엄마가 앓아누운 다음부터 줄곧 그래 왔다. 그러면서 내가 무슨 말을 하건 뭘 하건 간에 상관없다는 양 꼼짝도 하지 않는다.

쉬운 일은 아니지만, 나는 텔레비전 소파에 늘어져 있는 아빠를 잊어버리고 스키프 호에만 집중한다. 어쩌면 아빠가 정신을 차릴지도 모르고 어쩌면 아닐지도 모르지만, 그러는 동안에도 저 밖에는 내 덫으로 기어들려고 기다리고 있는 바닷가재가 있다.

바닷가재 무게에 따라 돈이 들어온다. 쉬운 돈벌이다.

첫날 점심을 먹고 나는 마치 귀신이 덫을 스키프 호로 끌고 가는 것처럼 일한다. 가재 덫은 무게 중심이 바닥에만 있어서 다루기가 쉽지 않다. 물론 그래야 물에 가라앉는다. 그건 덫을 스키프 호에 실을 때도 주의해야 한다는 뜻이기도 하다. 나는 잘못해서 보트를 뒤집어엎지 않도록 조심조심 덫을 싣는다.

일단 스키프 호에 덫 세 개를 먼저 싣고 나서 모터를 작동시킨다. 그러고는 만을 따라 아래로 내려가 항구로 들어가서 '머피네 미끼와 연료'(Murphy's Bait & Fuel) 가게 앞 부두로 올라간다. 나는 5달러를 항아리 속에 넣고 미끼 한 양동이를 집어 들고 나온다. 내가 무슨 짓을 하려는지 누가 물어보기 전에 서둘러 떠날 생각이다. 사람들이 새로 잡아들인 청어에 소금을 치느라 꽤나 분주한데도, 가게 주인인 데블린 머피 씨가 나를 알아보고는 내가 달아나기 전에 다가온다.

아저씨가 내게 말하고 싶어 한다는 걸 알지만 나는 그러고 싶지 않다.

"미끼 한 양동이라? 네 아빠가 다시 고기를 잡을 거라면 미끼가 통으로 필요할 텐데."

"네, 아저씨. 다음에 또 뵐게요."

나는 그렇게 말하면서 문밖으로 서둘러 나가려고 한다.

"잠깐 기다려라!"

데블린 아저씨가 턱수염 사이로 껄껄 웃음을 흘리며 말한다. 아저씨는 어깨가 떡 벌어지고 배가 불룩 나오고 다리통이 굵은 나무 밑동처럼 생긴 거인이다. 거인 아저씨가 손가락 하나를 내 셔츠 자락에 걸고는 내 앞을 가로막는다.

"무슨 짓을 하려는 거냐, 스키피? 이 미끼는 네 아빠가 쓸 거냐 아니면? 네가 메리 로즈 호를 고쳤다고 들었는데, 그러냐? 네 아빠가 정말 다시 돌아온 거, 맞냐?"

데블린 머피 아저씨는 소식통이다. 만과 항구 근처에서 일어나는 일은 전부 알아야 직성이 풀리는 사람이다. 우리 엄마는,

이 아저씨가 온 지역 소식을 앞뒤로 훤히 꿰고 있어서 라디오 방송국보다 더 낫다고 말하곤 했다. 아저씨는 내가 아무리 그러고 싶지 않더라도 시시콜콜한 것까지 죄다 털어놓기 전에는 나를 놓아주지 않을 거다.

나는 결국 내가 쓸 미끼라고 실토하고 만다.

"그래서 올여름은 덫 몇 개로 고기를 잡을 거라고? 잘했다, 얘야."

아저씨는 나를 따라 부두로 나가서 스키프 호가 정박해 있는 곳까지 이른다.

"야, 빅 스키프가 저걸 만들었던 때가 생각나는구나! 암만 봐도 참 잘빠졌다. 그나저나 너 혼자서 덫을 전부 들어 올릴 수 있겠냐?"

아저씨가 껄껄 웃으면서 내 팔 근육을 쥐어짠다. 나도 모르게 열이 확 솟구친다.

"한마디 알려 드리면요, 저는 덫 200개 전부로 다 고기를 잡을 거예요."

나는 계속해서 내 계획을 자랑하듯 떠벌린다.

"제가 덫을 끌어 올릴 수 있는지 없는지 두고 보세요."

내 말에 아저씨가 말문을 닫지만, 겨우 1초 동안이다. 아저씨가 갑자기 심각한 표정을 짓는다.

"메리 로즈 호는 어쩌고? 너랑 아모스 우드웰 씨가 고쳤다고 들었는데."

나는 어깨를 움츠린다.

"엔진이 망가졌어요. 그래서 돈을 벌어서 수리할 거예요."

아저씨가 숱 많은 붉은 턱수염을 벅벅 긁고 넓적한 코에 주름을 잡으면서 나를 유심히 바라본다.

"아, 일이 그렇게 됐구나. 이제 알겠다. 근데 생각 좀 해 보자. 3미터짜리 쪽배 스키프로 덫 200개를 끌어 올린다. 흠. 그 많은 덫을 전부 손으로 끌어 올린다고, 리틀 스키피. 네 아빠는 대형 보트와 유압 인양기(hydraulic puller, 톱니나 축받이 등을 빼낼 때 사용하는 공구: 옮긴이)로 그만한 덫을 놨어."

"저한텐 스키프가 있잖아요."

내가 아저씨에게 말한다.

"그래서 제 보트를 쓰려는 거예요."

아저씨가 내 머리통을 쓰다듬어 준다. 내가 무엇보다 싫어하는 거다.

"좋은 생각이 있다."

아저씨가 말한다.

"너하고 거래 계좌를 트마. 네 아빠하고 했던 것처럼 말이다. 어부 할인도 해 줄게. 필요한 미끼하고 기름을 외상으로 가져가도 좋다. 그러고 나서 여름이 끝날 무렵에 정산하는 거다. 그럼 되겠지?"

"그럼요. 고맙습니다, 머피 아저씨."

"우리 손님들은 나를 데브라고 부른다. 이제 너도 그렇게 불러라. 가재 엄청나게 많이 잡아라, 얘야. 그리고 네 아빠한테 데브 머피가 안부 묻는다고 전해라."

아저씨가 부두 끝에 서 있는데, 덩치가 아저씨네 미끼 광만큼이나 크다. 아저씨는 내가 보이지 않을 때까지 나를 쭉 지켜보고 있다.

10장
응접실에 갇힌 바닷가재

처음 2주 동안은 일이 진짜 잘 돌아갔다. 매일 새벽같이 일어나는데도 어서 일하러 가고 싶어서 몸이 근질거린다. 토스트와 시리얼을 먹기가 무섭게 부두로 달려 나간다. 로즈 호에 물이 새지 않는지 점검하고—새지 않는다, 아주 바싹 말라 있다—그러고 나면 덫을 부둣가로 끌어내서 스키프 호에 싣는다.

제대로만 하면 덫을 많이 들어 올리지 않아도 된다. 덫 자체는 그렇게 무겁지 않은데 덫을 물에 가라앉게 만드는 벽돌이 덫 밑바닥에 몇 개 매달려 있다. 어쨌든 나는 그것을 싣고, 보트의 시동을 걸고 만을 따라 항구로 내려가, 데브 머피 가게에서 미끼 한 양동이를 가지고 와서, 내가 덫을 놓고 싶은 곳으로 다시 향한다.

덫 놓기. 거기에도 과학이 숨어 있다. 모두들 그렇게 말한다. 바닷가재가 사는 곳에다가 덫을 놓아야 한다. 가재는 먹이를 찾아 바닥을 엉금엉금 기어 다닌다. 따라서 바다 밑바닥이 눈에 보이지 않더라도 바닥이 어떻게 생겼을지 생각해 봐야 한다. 해류가 어디에서 소용돌이치고 어떻게 해안으로 내려오는지 눈여겨봐야 한다. 그리고 그것을 머릿속에 죽 그려 놓아야 한다. 그러다 보면 대체로 감이 잡히는데, 거기가 바로 덫을 놓기에 최고로 좋은 장소다.

물론 거기에 덫을 놓는 사람들이 나 말고도 한 100명쯤은 더 있다. 그런 점도 다 고려해야 한다. 다른 사람들이 놓아둔 덫에 너무 가까이 덫을 놓으면 사람들이 싫어한다. 그러면 사람들은 상대방의 부표 줄을 묶어 버린다. 뒤로 물러나라는 표시다. 그건 사람들이 좋을 경우에나 그렇고, 부표를 잘라 내서 아주 멀리 던져 버리는 수도 있다. 그렇게 되면 바닥에 덫이 있어도 찾을 방법이 없다. 어느 경우든 아무한테도 도움이 되지 않는다.

어쨌든, 첫 번째 1주일이 지나자 내가 물속에 놓아둔 덫이 100개 가까이 된다. 전부 미끼를 단 채 손님을 기다리고 있다. 옛말에 '부엌으로 먼저, 그러고 나서 응접실'이라는 말이 있다. 자, 덫은 '방'이 두 개로 나뉘어 있다. 가재가 먼저 기어들어 가는 첫 번째 방이 '부엌'이다. 부엌에는 미끼 주머니가 있고 가재는 그걸 먹고 싶어 한다. 미끼를 문 가재가 부엌을 나가려고 할 때, 나갈 수 있는 곳은 '응접실' 뿐이다. 그리고 그 가재가 그 응접실을 빠져나갈 수 있는 방법은 없다. 덫을 건져 올릴 때까지 가재는 거기에 꼼짝없이 갇히게 된다.

문제는, 덫을 물 밖으로 끌어 올리는 것이 덫을 물속으로 던져 넣는 것보다 훨씬 더 힘들다는 거다.

나는 나흘을 기다리고 난 끝에 첫 번째 덫 줄이 있는 곳을 찾아간다. 뭐가 걸렸을지 궁금증이 나서 참고 기다릴 수가 없다. 내 덫에 1킬로그램짜리 가재가 꽉 들어차 있는 걸 상상해 본다. 하지만 부표를 단단히 움켜잡고 밧줄을 죽 끌어 올리기 시작했는데, 밧줄이 꼼짝도 하지 않는다. 마치 덫이 밑바닥에 못 박혀 있는 것 같다.

나는 줄을 밧줄 걸이용 막대에 고정시켜 놓고 양 손바닥을 문지르고 나서 다시 시도해 본다. 이번에는 줄이 조금 움직인다. 하지만 이내 밧줄이 내 손아귀에서 미끄러져 나가더니 덫이 바닥으로 다시 떨어져 버리고 만다.

나무로 만든 덫인데 물속에 가라앉았다고 어떻게 돌덩이처럼 무거워질 수 있지?

마침내 나는 밧줄을 위로 당길 방법을 궁리하고 나서 밧줄이 도로 미끄러지지 않도록 밧줄 걸이용 막대에 밧줄을 빙 둘러 감고 단단히 매어 둔다. 그렇게 해서 첫 번째 덫이 올라온다. 한 번에 1미터 정도씩. 반들반들하고 물이 뚝뚝 떨어지는 덫이 수면 위로 올라올 즈음엔 내 팔이 다 부들부들 떨린다.

하지만 그쯤은 아무렇지도 않다. 덫 안에 무언가가 들어 있으니까. 갖은 용을 쓴 보람이 있는지 개중 상당수가 가재이고 게도 한 무더기 있다. 문제라면 가재가 한 마리만 빼고는 다 너무 작아서 가질 수 없다는 거다. 이 점에 있어서는 다들 진짜 엄격하다. 작은 놈들은 도로 바다로 던져 버려야 한다. 속상해도 그렇게 해야 한다.

그래도 한 마리는 건졌다.

하나는 됐으니 앞으로 남은 게 2,499마리다.

"일어나라, 스키피."

나는 벌떡 일어난다. 자명종이 꺼졌나? 그런데 내가 방이 아닌 거실에 있다. 아침도 아니고 밤인지 아니면 밤이 되려는 건지도 모르겠다. 어쩌다가 그대로 곯아떨어진 게 분명하다.

"곤히 자기에 뒀어."

아빠가 말한다.

"배고프면 저녁 차려 줄까?"

"가재 열두 마리하고 게 한 양동이 잡았어."

내가 아빠한테 말한다.

"그래 들었어. 잘했다."

아빠가 나한테 저녁을 차려 준 게 언제인지도 기억나지 않는다. 고작 프라이팬에 구운 핫도그뿐이지만, 그것만으로도 대단하다. 핫도그와 콩은 괜찮다. 덫을 하도 끌어 올려서 손에 힘이 빠지고 욱신거리는 바람에 포크를 간신히 들어 올릴 수 있다는 건 안 괜찮지만.

"아빠도 네 나이였을 때 덫 줄을 갖고 있었어."

"그래?"

아빠가 맥주 캔을 따는 걸 보며 그렇게 묻는다.

"덫 30개. 그게 다였어. 그런데도 진짜 엄청 바빴어. 내내 그랬어. 처음 며칠 동안은 팔이 떨어져 나가는 줄 알았어. 그러다 익숙해졌지만."

"난 벌써 익숙해졌어."

"내 말은, 덫 200개는 너한테 무리라는 거야."

내가 말한다.

"그건 아빠 생각이지."

아빠가 맥주를 쭉 빨아 마신다.

"데브 머피가 너를 믿는다고 했다며?"

"응."

"그럴 줄 알았다."

짐작한 대로 나에 대한 아빠의 불평불만이 길게 이어진다. 내 나이 땐 무엇을 어떻게 하는 게 좋은지 잔소리를 늘어놓는 한편 아빠가 내 나이였을 땐 어땠는지 하는 이야기를 꺼내 놓는다. 아빠와 아들 사이에 으레 있는 그렇고 그런 말이다. 하지만 정작 아빠는 맥주 깡통을 들고 텔레비전 소파로 도로 돌아가 버린다. 대화 끝이다.

그래도 어쨌든 핫도그는 맛있었다.

저녁을 먹으니 다시 졸음이 밀려든다. 나는 위층으로 어기적어기적 기어올라 간다. 내 방까지 다 기어올라 간 게 틀림없다. 다음 날 아침 내가 눈을 뜬 곳이 내 침대니까.

빌어먹을 자명종이 울린다.

따르릉, 따르릉, 따르릉.

따르릉따르릉 가재나 좀 굴러 와라. 돈이나 좀 따르릉, 따르릉, 따르릉 굴러들어 와라.

정말이지 그대로 몸을 한껏 웅크리고 베개 밑에 머리를 처박고 싶다. 하지만 가져와야 할 미끼가 있고 끌어 올려야 할 덫이 있다. 나는 자리에서 일어나 옷을 입고 아침을 먹은 다음 그 모든 것을 다시 시작한다.

또다시.

또다시.

시간이 지나면서 일도 힘들지 않게 된다. 덫도 그렇게 엄청 무거운 것 같지 않다. 미끼 양동이는 갈수록 더 가벼워진다. 하루 종일 일하고 나서 저녁을 먹고도 한 시간 내내 깨어 있을 수도 있다. 2주가 지나니 덫 200개 전부를 바다에 던져 넣고, 하루에 스물다섯 개의 덫을 내 손으로 끌어 올리고 있다. 덫 하나에 평균 700그램 정도로, 잡아도 좋은 크기가 있는가 하면 어떻게 처리해야 할지 애매한 게들은 더 많이 있다. 조그만 게는 아무 짝에도 쓸모없다. 너무 딱딱한 나머지 살을 발라낼 수도 없어서 원하는 사람이 아무도 없다. 하지만 나는 게 따위는 신경 쓰지 않는다. 나는 가재잡이 소년이다. 내가 신경 쓰는 건 커다란 집게발로 기어 다니는 갑각류다. 그리고 은행에 저축해 둔 돈이다.

내 머리가 합산을 하고 현금으로 바꾸느라 금전 등록기처럼 윙윙 울린다. 기름과 미끼를 사려고 돈을 찾았는데도 900달러가 남아 있다. 다음 주는 더 나아질 것으로 보인다. 모두들 그럴 거라고 한다.

내가 이미 말했듯이, 모든 일이 진짜 잘 돌아가고 있다. 잘 돌아가는 환풍기에 오물이 낄 때가 된 거다.

타일러 크로프트라는 이름의 지독하게 썩어 빠진 오물.

11장
덫 전쟁

어느 날 나는 미끼하고 새 헤드
가 필요한 덫 두 개를 싣고 머피 아저씨 가게를 나선다. 헤드란
가재가 기어들어 가서 덫에 갇히도록 만드는 작은 그물망을 말
한다. 어쨌든 나는 현재 상황에 아주 만족해하면서 내가 해야 할
일을 생각하고 있다. 그때 핀 체이서 호가 부두에 정박해 있는
게 보인다.

멋진 배다. 다랑어 낚싯배로는 최고다. 선체 길이가 12미터로
꼭대기에 물고기 탐지용 탑이 달려 있고, 배 길이만큼 기다란 작
살 디딤대도 있다. 기다란 상자 모양의 디딤대는 작살로 다랑어
를 바로 위에서 내리꽂을 수 있게 만든 장치로, 다랑어가 배를
알아차리기 전에 쓰러뜨릴 수 있도록 고안된 거다.

내가 직접 저 핀 체이서 호를 타고 바다에 나가 본 적은 없다. 하지만 아빠가 저 배를 탔던 시절에는 그야말로 최고의 작살잡이였기 때문에 저 배에 대해서는 나도 알 만큼은 안다. 해마다 8월이면 아빠는 메리 로즈 호를 붙들어 매 놓고 한 달 정도 핀 체이서 호를 탔다. 프라빈스타운에서 바 하버까지 핀 체이서 호를 타고 커다란 다랑어를 쫓았다. 아빠가 그 한 달 사이에 번 돈이 1년 내내 가재를 잡은 것보다 더 많을 때도 있었다.

어느 여름엔 아빠가 작살로 다랑어를 열여덟 마리나 잡았다. 스피니 코브에서 두 번째로 많이 잡은 사람보다 두 배나 많은 수였다. 바로 그해 여름이, 아빠는 신형이나 다름없는 포드 픽업트럭을 사고 엄마는 주방을 새로 싹 고쳤던 때다. 그 당시 아빠와 핀 체이서 호 주인은 진짜 친했다. 엄마가 병에 걸리고 아빠가 일을 그만두기 전까지는 더없이 좋은 사이였다. 그러다가 핀 체이서 호 주인이 아빠한테 술을 너무 많이 마신다고 쓴소리를 했다. 아니면 돈 때문에 싸웠는지도 모르지만 확실하진 않다. 아빠가 뭐라고 되받아쳤고, 그다음부터 두 사람은 서로 말도 하지 않고 있다.

저 핀 체이서 소유주가 한때 우리 아빠의 제일 친한 친구였다면 문제이지 않을까? 게다가 그 사람은 타일러 크로프트의 아버지이기도 하다. 그래서 타일러가 지금 자기 아버지 배를 타고 기다란 작살을 실으면서 자신이 멋있는 척 가증스럽게 연기를 하고 있는 거다. 그사이 타일러 아버지 잭 크로프트 씨는 얼음 칸에 얼음 통을 아무렇게나 내려놓으며 출항 준비를 하고 있다.

내가 지금 바라는 게 딱 하나 있다면, 타일러가 나를 못 알아보는 거다. 하지만 녀석은 나를 금방 알아보고는 보란 듯이 비웃음을 보낸다. 내 스키프를 손가락질하면서 냄새 난다는 듯이 제 코를 싸쥐기까지 한다. 말소리가 다 들리지는 않지만, 타일러 아버지가 뭐라고 따끔하게 나무라는 소리가 들린다. 타일러 얼굴에서 비웃음이 싹 가신다. 타일러 아버지가 몸을 돌려 나를 바라본다. 키가 작고, 강해 보이는 얼굴에, 챙이 긴 모자를 쓰고, 눈은 다랑어를 찾느라 그런 건지 옆으로 길게 찢어진 상태다. 그 눈으로 나를 살피더니 아무 말도 하지 않고 사람들이 그러는 것처럼 고개만 살짝 끄덕여 보인다. 그러고는 타일러에게 뭐라 뭐라 하면서 나에 대해 이야기하는 것처럼 나를 가리켜 보인다. 타일러가 자기 아버지 눈을 피해 나를 슬금슬금 곁눈질하는데 얼굴이 딱 이렇게 말하는 표정이다. 두고 보자, 가재잡이, 어디 두고 보자고.

그러기까지 오랜 시간이 걸리지 않는다.

다음 날 나는 스키니 코브 만 바로 밖에 있는 리틀 시스터 바위까지 나간다. 닻 열 개 정도를 가재들이 숨기 좋아하는 장소인 그 바위 근처에 박아 두었기 때문이다. 더없이 맑은 여름날 아침이다. 잔물결 진 유리 같은 물에 하늘의 부드러운 구름이 떠다니고, 모든 것이 반짝반짝 빛나고 있다. 처음에는 태양이 물에서 떠오를 때처럼 앞이 잘 보이지 않는다. 그렇지만 나는 용기를 내어 바위에 바짝 다가간다. 바위 꼭대기까지 파도가 철썩거리고 해초가 여자들 머리카락 모양으로 떠다니는 가운데서 나는 첫 번째 덫을 끌어 올린다.

텅 비어 있다. 가재도 없고, 게도 없고, 부엌에 남은 미끼도 없다. 아무것도 없다.

적어도 게 한두 마리는 들어 있기 마련인데 어떻게 이런 일이!

나는 부엌에 미끼 주머니를 집어넣고 다시 덫을 내려놓는다. 이어 다른 부표를 움켜잡고 줄을 잡아당긴다. 덫이 밑바닥에서 올라오는 게 느껴진다. 줄을 밧줄 걸이용 막대에 빙 둘러 감아놔서 줄을 놓치지 않는다. 덫이 수면 위로 올라오고 나자 끝을 단단히 붙잡고 끌고 와서 옆으로 기울인다.

텅 비어 있다. 첫 번째 것과 똑같다. 가재도 없고, 게도 없다. 이번엔 미끼 주머니까지 잘려 나갔다. 헤드의 그물망을 자를 만큼 예리한 뭔가가 있다는 거다.

가재가 제 집게발로 그랬나? 그렇다면 가재는 어디 있는 거지? 가재들이 갑자기 똑똑해져서 덫을 빠져나갈 방법을 알아내기라도 한 건가? 그런 것 같지는 않다.

뭔가 느낌이 이상하다. 아무래도 다른 뭔가가 있는 것 같다.

세 번째 덫을 잡아당긴다. 비어 있다. 앞의 것과 마찬가지다.

네 번째 덫을 잡아당긴다.

다섯 번째도 잡아당긴다.

여섯 번째도 잡아당긴다.

비어 있다. 텅 텅 비어 있다.

팔이 너무 아파서 잠시 일손을 놓는다. 태양이 내 머리에 구멍을 뚫어 놓는 것 같다. 잠시 후에 다시 덫 여섯 개를 더 끌고 온다. 하나씩 하나씩. 차례차례. 전부 비어 있다. 미끼 주머니도 다 잘려 나간 상태다.

불현듯 불길한 생각이 떠오른다. 누군가 내 가재를 훔치고 있다. 게다가 미끼 주머니를 아예 끊어 버려서 덫이 가재를 더 이상 유인하지 못하게 만들어 놓고 있다.

이런 짓을 저지른 놈이 누구든지 간에 그놈은 내가 이 모든 걸 알기를 바란다.

이런 짓을 저지를 놈은 딱 한 놈밖에 없다. 타일러 크로프트. 놈이 여기까지 몰래 잠입해 와서 내 덫을 털어 간 게 틀림없다. 자기가 나보다 낫다는 걸 알려 주겠다는 심보다. 물론 타일러는 자기가 그랬다는 걸 내가 증명하지 못할 거라는 것도 안다. 다른 누군가가 그랬을 수도 있다. 하지만 아니다. 썩은 물고기 냄새를 알아내는 것처럼 나는 그걸 안다.

내 얼굴이 시뻘겋게 달아오른다. 그런데 이 정도는 아무것도 아니다.

돌아오는 길에 다른 곳을 확인해 보러 들렀다. 그곳은 바닥에 바위가 많은 해협의 안쪽으로 휘어든 지점이다.

내 부표가 눈에 들어오지 않는다.

열 개가 넘는 덫이 감쪽같이 사라진 것이다. 훔쳐 간 게 아니라면 잘라 냈다는 얘긴데, 이러나저러나 부표가 없어진 건 마찬가지다.

이제 내 머리는 폭발하기 일보 직전이다. 내가 생각해 낸 건, 보트의 속도를 한껏 올리고 부두로 내달려가 핀 체이서 호를 찾는 거다. 하지만 그 대형 보트는 거기 없다. 다랑어를 잡으러 출항한 게 틀림없다.

너무 화가 나서 돌아 버리겠다. 가슴이 터질 것 같다. 하지만 당장은 두들겨 패 줄 상대도 없고 욕을 퍼부어 줄 상대도 없다. 내가 할 수 있는 거라고는 도리 없이 집으로 돌아가 맥없이 서성이며 타일러 크로프트 녀석을 어떻게 하면 좋을지 궁리하는 것밖에 없다.

녀석의 빌어먹을 산악자전거를 놈의 목에 매달아서 항구 속에 집어 던져? 그까짓 것 성에도 차지 않는다.

나중에 나는 찬장이며 주방 용품을 쾅쾅 두들겨 댄다. 나 자신이 싫어서라도 그냥 가만있을 수가 없다. 그때 아빠가 소파에서 일어난다.

"무슨 일이냐, 스키피?"

"아무것도 아냐!"

"무슨 일 있는데?"

"무슨 상관이야? 잠이나 자! 텔레비전 쇼나 보라고! 술이나 퍼 마셔!"

나는 뱀처럼 사악하기 짝이 없는 말을 아빠에게 아무렇게나 함부로 지껄여 놓는다.

최악은, 아빠가 아무런 대꾸도 하지 않는다는 거다.

잠이 오지 않는다. 내 가재를 훔치고 내 부표를 잘라 내는 타일러를 그대로 두고 어떻게 잠을 잘 수 있단 말인가? 뭐라도 하지 않으면 안 될 것 같은데, 뭘 어떻게 해야 좋을지 모르겠다. 녀석이 나를 망하게 하기 전에 녀석을 막아 낼 방법을 어떻게든 찾아야 하는데.

그 불쌍할 정도로 한심한 멍청이를 미워하는 것만으로는 충분치 않다. 아무리 머리를 쥐어짜도 생각나는 게 없다. 욕을 실컷 퍼부어 준다? 콧방귀도 안 뀔 거다. 머리통에 돌을 던져? 나한테 도로 던질 거다. 되로 주고 말로 받을지도 모른다. 타일러 아버지를 찾아가? 나는 타일러를 안다. 자기 아버지한테도 거짓말을 하고 계속해서 그 못된 짓을 하고도 남을 녀석이 바로 타일러다.

단속반에 신고해? 증거가 없다. 아빠한테 일러바쳐? 웃기지도 않는 일이다. 배가 물에 빠졌다는데도 소파에서 한 번 일어나 보지도 않은 아빠가 그깟 덫 몇 개 때문에 그 무거운 엉덩이를 움직이려고 들까?

결국 내가 내린 결론은 이렇다. 나 하기에 달렸다.

그래서 자정이 되자, 몰래 집을 빠져나와, 스키프에 올라타고, 밧줄을 풀고, 만을 따라 쥐 죽은 듯 조용히 내려간다.

조심해라, 이 재수 없는 놈. 가재잡이가 널 잡으러 나가신다!

12장
칠흑 어둠 속의 그놈

밤에 만을 따라 이동하려면, 눈에 보이지 않는 것들을 잘 느껴야 한다. 캄캄한 세상이 보이는 것처럼 지나가지만 실은 아무것도 보이지 않는다. 키 큰 소나무들이 줄지어 선 모습이, 별빛 아래서 보니, 좀비들이 해안가를 따라 대열을 짓고 있는 것처럼 보인다. 바람이 누더기 같은 팔을 펄럭거리고 있을 뿐 아무것도 찾을 수 없다. 아무것도 보이지 않는다.

이건 마치 잠이 든 채 꿈속에서 표류하고 있는 자신을 보고 있는 것과 같다. 조류가 보트를 이리저리 끌어당기는 대로 둔다. 물살이 보트를 이끄는 대로 내버려 두지만 걱정할 건 없다. 계속 움직이고 있으니까.

마침내 잠에서 깨어나 보면, 자나 깨나 걱정했던 일들이 현실로 되어 버렸던 게 기억난다. 우리 엄마에게 일어났던 일이나 메리 로즈 호가 가라앉아 버린 것 같은……. 절대로 깨어나고 싶지 않지만, 선택의 여지가 없다. 그것이 세상의 이치다. 깨어나야 한다. 그렇지 않으면 사라지든가 해야 한다.

나는 사라지지 않을 거다. 해보지도 않고 사라질 수는 없다.

타일러가 다음에 어떤 부표를 잘라 낼지 알 수 없다. 내가 할 수 있는 일은 애써 내 것을 지키는 것뿐이다. 타일러 같은 아이라면 쉬운 길을 택할 거다. 녀석이 자기 집에서 가장 가까운 곳에 있는 덫부터 망쳐 놓을 거라는 생각이 든다. 타일러네 집은 다른 부잣집들과 마찬가지로 스키니 코브 동쪽 끝에 있다. 전자식 대문과 차 여섯 대가 들어가는 주차장이 갖춰져 있고 식구 수대로 쓰고도 남을 방이 있다. 부자들만 사는 저택이다. 저택들은 너무들 대단해서 윈드스웹트, 비치 로즈, 시뷰 같은 이름도 갖고 있다. 타일러네 아버지 같은 부자들은 돈을 벌려고 물고기를 잡는 게 아니다. 재미로 잡는다. 그건 부자들에게 크고 값비싼 보트를 소유하고 챙이 긴 어부 모자를 쓸 핑계거리를 준다.

그게 잘못된 건 없다. 내가 부자라면 분명히 나도 엄청나게 큰 보트를 가질 테니까. 새 모자도! 하지만 부자들이 내 것을 훔쳐 가는 건 정말 열 받는 일이다. 덫을 자르는 건, 간단명료하게 말해서 도둑질이다. 녹슨 갈고리처럼 나를 초조하게 만드는 일이다. 타일러처럼 재수 없는 부잣집 자식한텐 그게 별것 아니라는 걸 알기에, 녀석이 그런 식으로 하려고만 들면 언제든지 내 삶을 망쳐 놓을 수 있다는 사실이 무엇보다 나를 질리게 하는 거다.

하늘에 달은 없지만 별이 빛나고 있어 간신히 볼 정도는 된다. 항구에 정박해 있는 배들 사이로 이리저리 빠져나가 길을 찾아 가기에는 충분하다. 보트의 그림자가 더 진짜 보트 같다. 물이 흐르는 대로 움직이는 것이 어렴풋이 보인다. 보트 그림자가 연 못에 자리 잡은 오리 떼처럼 다 함께 움직이면서 바람이 불어오 는 쪽을 향해 부리를 내밀고 있다.

뱃전에 부딪히는 소리가 선체 밖으로 메아리쳐 나간다. 그 소 리가 어찌나 큰지 온 세상 사람들이 내가 어디 있는지 다 알 것 같다. 하지만 아니다. 그건 밤의 또 다른 소리일 뿐이다. 작은 보 트가 지나가는 소리, 그 이상은 아니다.

항구 바로 너머 여울목에서 줄무늬 송어가 물고기를 먹으며 아빠가 '물고기 수류탄'이라고 불렀던 소리를 내고 있다. 일종 의 된소리로 쩝쩝거리는 것 같은 소리다. 커다란 물고기가 작은 놈을 먹고 있다. 가끔가다 작은 물고기들이 보트에 부딪히는 걸 보면 알 수 있다. 작은 물고기들이 도망가느라 그러는 거다.

나는 이런 일이 일어날 때가 좋다.

해안을 따라 천천히 나아가고 있다. 크로프트네 커다란 부양 식 독(floating dock, 철근 콘크리트나 철로 만들어 무거운 것이 뜰 수 있게 설비해서 배를 묶어 두는 곳으로 조수간만의 차가 큰 항구나 포구에 많이 설치한다: 옮긴이)에서 100미터 정도 떨어진 곳에 이르렀을 때, 보트 하나가 움직이기 시작한다. 나는 얼른 시동을 끄고 그 보트가 지나갈 때 좁은 스키프 바닥에 눕는다. 옆으로 살짝 보니, 거기에 타일러 크로프트가 있다. 녀석이 보이 토이 호를 출발시키고 있다. 보이 토이 호는 타일러의 보스턴 웰러(Boston Whaler, 상표 이름: 옮긴이) 보트다. 선체 바깥쪽에 4기통 엔진이 달린 신상품인데 어찌나 조용히 달리는지 선체에 부딪히는 물소리 말고는 아무 소리도 들리지 않는다. 밤에 몰래 돌아다니기에는 딱 좋은 보트다. 야간 항행등도 켜지 않은 걸 보니 그 못된 짓을 하려는 게 분명하다.

문제라면, 타일러가 엄청나게 빠르다는 거다. 5마력짜리 내 모터에 시동을 걸기도 전인데 벌써 눈에 보이지도 않는다. 내가 할 수 있는 거라곤 타일러가 지나간 흔적을 쫓는 것뿐이다. 하지만 흔적이 사라지고 없더라도 타일러가 어디로 가는지 알아내기만 하면 된다. 방파제 안쪽은 내가 열 개 정도 덫을 놓은 곳이다. 만약에 타일러가 정말로 거기에 있고 내 부표를 잘라 버린다면, 나는 타일러에게 몰래 다가가야 할 거다. 그렇지 않으면 타일러는 그대로 달아나 버릴 테고, 절대 녀석을 잡을 수 없게 된다.

일단 방파제가 시작되는 곳으로 가서 모터를 끄고 노를 꺼낸다. 방파제 가까이로 힘껏 노를 저어 가서 방파제를 죽 따라간다. 방파제는 바위로 만든 커다란 팔 모양인데 항구 쪽으로 툭 튀어나와 있어서 폭풍이 일 때마다 파도를 막아 준다. 지금 이 순간 방파제는 노를 저어 가고 있는 나를 제 그림자로 숨겨 주고 있다. 노가 물에 살짝살짝 닿도록 조심한다. 첨벙거리는 물소리에 내 정체가 탄로 날지도 모르니까.

노를 저어 나가면서 뒤쪽을 살펴본다. 고양이나 뭐처럼 어둠 속에서도 잘 볼 수 있으면 좋을 텐데. 저기 멀리 뭔가가 보인다. 저게 뭐지? 정박해 있는 보트일 수도 있고 내가 생각하는 것보다 더 멀리 떨어져 있을 수도 있다. 거리를 가늠하기 어렵다. 밤에 그것도 물 위에서 별빛 하나만 가지고서는. 그때 무언가가 보트 위에서 움직이는 것 같은데, 맞다.

사람이 일어선다. 보트 옆으로 몸을 기울인다. 그러고는 다시 일어선다. 잘 알아볼 수 없지만, 타일러가 틀림없다. 타일러가 물속에 있는 내 부표를 그러잡고 줄을 자르고 나서 이어 다른 부표를 향해 움직이는 거다. 실제로 덫을 들어 올리고 가재를 훔쳐 가려면 힘이 아주 많이 든다. 부표를 잘라 내는 게 훨씬 손쉬운 방법이다.

나는 계속 노를 저어 마침내 시커먼 보트 맞은편에 이른다. 내 보트의 시동 장치 코드를 힘껏 잡아당긴다. 제발이지 한 방에 시동이 걸리기를…….

된다.

내가 얼마나 화가 났는지 말고는 마음속에 뭘 어떻게 하겠다는 계획도 없다. 가속 장치를 있는 대로 돌려서 내 작은 스키프가 갈 수 있는 최고 속도로 그 시커먼 보트를 향해 돌진한다. 타일러가 부표를 떨어뜨린다. 뒤미처 내 뱃머리가 웰러의 옆구리를 들이받는다. 쾅! 타일러가 안쪽으로 나자빠진다. 욕을 퍼붓고 소리를 질러 대면서 병 속에 갇힌 벌보다도 더 정신 사납게 군다.

나도 뒤로 넘어졌다. 하지만 나는 어찌 되든 상관없다. 내가 녀석을 들이받았다는 사실만으로도 기쁘니까. 심지어 내 보트가 녀석 것보다 훨씬 더 많이 상했을지라도 말이다.

"타일러 크로프트, 너는 도둑이야! 죽여 버리겠어, 이 비열한 자식!"

타일러 머리가 저쪽에서 불쑥 튀어나온다. 나는 녀석을 분명히 똑바로 알아본다. 녀석은 지금 웃고 있다.

"내가 들이받은 게 누구신가."

타일러가 말한다.

"내가 널 들이받은 거야."

"뭐든."

"나한테 500달러 빚졌어."

나는 배상 액수를 대며 말한다.

"빚 갚아. 안 그러면."

"안 그러면 뭐?"

"신고할 거야. 감옥에 처넣을 거야."

"돌았군, 가재잡이. 내가 왜 감옥엘 가냐?"

타일러는 이젠 재미가 붙어 나를 놀리고 있다.

"내 가재를 훔쳤잖아. 내 부표를 잘랐고."

"그래? 어디 증거를 대 보시지?"

"내 두 눈으로 똑똑히 봤어."

"넌 아무것도 못 봤어. 너무 어둡거든. 네가 뭐라고 떠들어 대든 아무도 안 믿을 거라고. 넌 거짓말이나 하는 늪지대 놈이잖아. 세상 사람들이 다 알다시피!"

그 무엇보다 나를 화나게 하는 건, 그야말로 개구리를 삼킨 것 같은 기분이 들게 하는 건, 타일러의 저 말이 맞다는 거다. 가재잡이 아이 대 부잣집 도령. 이 싸움에서 누가 이길지는 다들 뻔히 아는 사실이다. 나는 변호사를 살 돈이 없지만 타일러는 있다. 어쨌든 타일러한테는 부자 아버지가 있다.

내가 타일러와 부딪쳐 이길 방법은 없다.

녀석의 배와 내 보트가 표류하여 거리가 멀어졌다. 내 보트의 모터가 멎어 버려서 나는 거리를 좁히려고 노를 꺼내 저었다.

타일러는 거기에 그대로 앉아서, 내가 자기를 해칠 수는 없지만 저는 언제든 나를 해칠 수 있다는 사실을 나한테 상기시켜 주기엔 이보다 더 좋은 상황이 없다는 태도를 취해 보이고 있다.

"왜 그런 짓을 했니, 타일러?"

"뭐라는 거냐, 늪지대 자식이? 네 거지 같은 덫 좀 건드렸다고 그러냐?"

"그래."

"이리 가까이 오면, 내가 말해 주지."

그 말에 나는 그 자리에서 멈추고 배를 뒤로 빼려고 한다.

타일러가 일어서서 보트 후크(boat hook, 보트를 끌어당기는 데 쓰는, 끝에 고리가 달린 긴 상앗대: 옮긴이)를 흔들어 댄다. 나는 재빨리 머리를 수그린다. 내 머리 위로 후크가 휙휙 지나가는 게 느껴진다.

"넌 패자야, 이 가재잡이야! 주제를 알아야지!"

녀석이 이내 시동을 걸고는 붕 소리를 내며 멀어져 간다. 캄캄한 어둠 속에서 부잣집 자식이 큰 소리로 내 이름을 마구 불러 대면서 폭소를 터뜨리고 있다. 스키프ㅎㅎㅎㅎㅎㅎㅎ, 스키프ㅎㅎㅎㅎㅎㅎ.

내 모터는 아직도 시동이 걸리지 않는다. 망가진 낡은 모터를 떼어 내서 물속에 처넣고 싶지만 그러지 않는다. 대신에 나는 집까지 내내 노를 젓는다.

밤이 새도록 노를 저어 간다. 이 캄캄한 밤도 내 깜깜한 머릿속에 비하면 그다지 어두운 게 아니다.

13장
잠에서 깨어날 때

마침내 지친 엉덩이를 이끌고 집으로 들어가니 새벽 네 시다. 아빠가 텔레비전 소파가 아니라 부엌 식탁에 앉아 커피를 마시고 있다. 눈 그늘이 시커멓게 진 게, 비쩍 마르고 수염 덥수룩한 너구리로 보인다.

내가 어디 갔다 이제야 오는 건지 아빠가 알고 싶어 한다.

"무슨 일 있었지, 스키프?"

"아무것도 아냐. 시동이 안 걸려서 그랬어."

그게 전부가 아니라는 걸 아빠도 아는 눈치다. 무슨 일인지 자초지종을 털어놓는 게 빠른 길이라는 생각이 든다. 그러고 나면 잠자리에 들어서 영원히 잘 수도 있을 것이다.

이야기를 마치고 나니 아빠도 나만큼이나 지쳐 보인다.

"크로프트 아들이 네 덫을 잘랐다고? 왜 그런 짓을 하는데?"

나는 어깨를 으쓱한다.

"재미로 그러겠지 뭐. 또 난 늪지대 자식이고 저는 아니니까."

"늪지대 자식이라고? 정말이냐? 아직도 그런 말을 쓰는 사람이 있다고?"

"타일러는 써."

"오래전에 다 지나가 버린 일인 줄 알았는데……."

아빠는 계속 혼잣말을 한다.

"나 원 참!"

"그러니까."

내가 말한다.

"아빠가 크로프트 아저씨한데 가서 타일러가 한 짓을 보상하라고 할 거지?"

아빠는 마룻바닥을 내려다보며 한숨만 푹 내쉰다. 그리고 의자에서 몸을 일으키더니 냉장고로 가서 맥주 캔 하나를 꺼내 든다. 캔 고리를 탁 따고는 맥주 거품을 유심히 바라본다.

"생각을 좀 해 봐야겠다."

아빠가 말한다.

나는 이렇게 대꾸한다.

"아빠는 생각해 봐 그럼. 난 잘 테니까."

잠에서 막 깨어나려는 순간, 그간에 일어났던 그 모든 안 좋은 일들이 단지 꿈속에서 일어난 거라고, 머릿속에서 그렇게 생각할 때가 있다. 지금 내 머리가 그렇게 말한다. 일어나. 일어나면 다 괜찮아질 거야.

말짱 꽝이다. 잠에서 깨어나 보니 그 안 좋은 일들이 전부 다 그대로 있다. 메리 로즈 호는 여전히 엔진이 없고 내 덫도 여전히 잘려 나간 채다.

아, 맞다. 아빠도 여전히 텔레비전 소파에 뻗어 있다. 그거야말로 안 좋은 상태의 결정판이다. 아래층으로 내려가기도 전인데 맥주 냄새가 난다. 나는 저 냄새가 너무 싫다. 소파 옆 마룻바닥에 쌓인 맥주 캔에서 풍겨 오는 냄새. 저 냄새는 아빠한테서도 난다. 아빠는 어서 모이를 달라고 짹짹거리는 새끼 새처럼 입을 벌리고 뻗어 있다.

내가 빌어먹을 맥주 깡통 더미를 걷어차면서 거실을 가로질러 가는데도 아빠는 알아차리지 못한다. 내가 폭탄을 터뜨려도 아빠는 알아차리지 못할 거다. 술에 취했다 하면 그렇다.

이리저리 흩어진 맥주 깡통이며 입을 헤 벌린 채 코를 골고 있는 아빠를 보면서 나는 타일러 크로프트를 싫어하는 것만큼이나 아빠를 싫어하기로 작정한다. 물론 내가 아빠를 진짜로 싫어하지는 못하겠지만, 누구라도 미워해야 직성이 풀릴 것 같은 기분이 드는 아침이다.

시리얼을 다 먹고 나니 아빠를 미워하는 마음이 어느 정도 가신다. 나는 안으로 들어가서 빈 깡통을 치우고 창문을 열어 환기를 시킨다.

태양이 쨍쨍 내리쬐는 청명한 여름날인데도 내 눈엔 그렇게 보이지 않는다. 안개 끼고 우중충한 날처럼 보인다. 지금의 나처럼. 나는 로즈 호를 살피러 밖으로 나간다. 하지만 그래 봤자 무슨 소용이람? 아빠가 옳았다. 배를 그냥 내버려 두었어야 했다.

새 엔진이랑 다른 것들을 마련하기 위해 돈을 벌 방법을 전부 꼼꼼히 살펴보았다고 여겼다. 그런데 미처 내 계획에 넣지 못한 게 있었다. 바로 타일러다. 제대로라면 그것까지 다 예상했어야 했다. 사람을 여지없이 황당하게 만들어 놓는 타일러 같은 녀석은 언제나 있기 마련이니까. 타일러 같은 녀석하고 싸우는 건 바람이나 조류하고 싸우는 것과 마찬가지다. 그런 일은 타일러가 아닌 다른 누구라도 얼마든지 저지를 수 있다. 조이 글리슨이든 파커 빌이든 그 누구든. 엄마는 그릇을 아무리 깨끗이 씻어도 얼룩이 남아 있기 마련이라고 했었다.

엄마는 농담으로 그랬겠지만, 사실이 그렇다.

나는 잠깐 메리 로즈 호를 보고 부둣가를 침울한 기분으로 서성거린다. 스키프를 확인해 보니 뱃머리에 고쳐야 할 부분이 보인다. 보스턴 웰러를 들이받을 때 부서진 거지만, 나는 지금 뭘 해 볼 기분이 아니다. 하지만 결국 마음을 가라앉히고 모터 여기

저기에 손을 대 본다. 연료 관의 연결이 헐거워진 것 말고는 크게 잘못된 건 없다. 그래서 보트에 시동을 걸고 우드웰 할아버지 집으로 향한다.

왜인지는 정확히 잘 모르겠지만, 여길 벗어나고 싶어서다.

할아버지 배 창고에는 내 마음을 진정시켜 주는 뭔가가 늘 있다. 그곳의 고요한 공기 같은 것 말이다. 거기서 숨을 쉬면 그 고요함이 그대로 내 안으로 들어온다. 편백나무 부스러기 냄새도 참 좋다. 어쩌면 우드웰 할아버지 옥수숫대 파이프에서 나오는 냄새가 좋은 건지도 모르겠다. 어쨌든 거기가 내가 향해 가는 곳이다. 도착해 보니 노를 저어서 타는 킬슨 선장님의 긴 보트가 할아버지네 독에 있다.

두 분이 창고에서 부러진 노를 들여다보고 있다.

우드웰 할아버지가 고개를 들고 내게 말을 건넨다.

"안녕, 새뮤얼! 오늘은 물고기가 뭐 하고 있냐?"

"여기저기 헤엄치는 것 같아요."

킬슨 선장님은 주름진 얼굴을 활짝 웃어 보이며 내게 인사말을 건넨다.

"노가 부러졌단다. 노 물갈퀴가 말뚝에 부딪혔지 뭐냐."

우드웰 할아버지가 부러진 노를 작업대 위의 벤치 바이스에 죔쇠로 고정시켜 놓는다. 그것을 고치는 데 조금도 급할 게 없다는 듯이. 두 분이 일의 진행 단계에 대해 이야기를 나누고 있는

데, 그건 시간이 좀 걸리는 일이다.

"로즈 호는 괜찮지? 물 안 새지?"

할아버지가 묻는다.

나는 고개를 끄덕이고 노를 살펴보는 척하지만, 사실은 어디가 부러졌는지도 모른다.

"바닷가재 일은 어떠냐?"

킬슨 선장님이 묻는다.

"아주 잘돼 가고 있다는데, 그러냐? 데브 머피가 그러는데 네가 가재를 부셸(bushel, 야드파운드법에 의한 무게나 부피 단위로 곡물이나 과일 따위의 중량을 잴 때 쓰며, 많은 양을 뜻하기도 한다: 옮긴이)로 잡아들인다고 하더구나."

"데브 머피 아저씨라고 다 아는 건 아니에요!"

그렇게 말하는데 내 속에서 뭔가 뜨거운 게 올라온다.

이제 두 분은 망가진 노 대신 나를 유심히 살펴본다.

"그러지 말고 무슨 일인지 말해 봐라, 새뮤얼."

할아버지가 말한다.

"다 소용없어요."

할아버지가 뻐끔뻐끔 파이프를 빨면서 고개를 끄덕인다.

"현관으로 올라가자."

그러고는 선장님을 향해 말한다.

"알렉스, 괜찮지?"

"자네도 알다시피 나야 괜찮고말고. 노를 금년에 고치든 내년에 고치든 아무 상관 없네. 노가 얼마나 많은지 잘 알잖은가."

할아버지가 고개를 끄덕인다.

"녀석이 뭘 좀 마셔야겠어. 설탕을 듬뿍 넣은 진한 레모네이드라도. 같이 와서 들지 않겠나?"

우리는 현관으로 올라간다. 우드웰 할아버지가 부엌에서 느릿느릿 움직여 가면서 레몬에서 즙을 짜내는 동안 선장님과 나는 거실에 앉아서 기다린다.

"날이 계속 좋구나."

선장님이 만 쪽을 내다보며 말한다.

"네, 정말 좋아요."

"안개가 많이 부족하게 될지도 모르겠어."

선장님이 이어 말한다.

"햇빛이 전혀 비치지 않았던 여름이 있었지. 네가 태어나기도 전의 일이구나. 7월 4일 독립기념일에 안개가 내렸는데 노동절(Labor Day, 미국과 캐나다의 노동절, 9월 첫째 월요일로 공휴일이다: 옮긴이)이 되도록 안개가 걷히질 않는 거야."

"아, 정말요?"

"어찌나 축축하든지 곰팡이마저도 불평을 터트릴 정도였단다. 결국 몇 사람이 녹아 버렸지 뭐냐. 그냥 길거리에서 녹아 없어졌단다. 흠뻑 젖은 신발만 남고 아무런 흔적도 없이."

선장님이 나를 웃기려고 하는 얘긴 줄 알지만, 나는 그럴 만한 마음의 여유조차도 없다.

"안개가 아주 두툼해서 사람들이 안개를 조각내서 팔았단다. '메인 주 천연 안개'라고 해서. 여행객들한텐 제법 인기를 끌었지. 구할 수만 있다면 말이다. 그래서 많은 이들이 그걸 찾다가 길을 잃고는 결국 펜실베이니아에 머무르게 되었다는 얘기다."

"진짜 재밌어요."

예의를 지키려고 나는 그렇게 말한다.

"사실, 펜실베이니아는 아주 위험한 지역이란다."

우드웰 할아버지가 쇠 주전자하고 컵 세 개를 가져온다.

"무슨 얘길 하고 있었나?"

"안개."

킬슨 선장님이 말한다.

"안개? 알렉스가 안개 얘기만큼은 아주 잘하지. 말하자면 그렇다는 거네. 그래 녹아 버린 사람 얘기는 해 줬나?"

"했지."

"모자만 남고 아무것도 안 남았지."

"신발인데요."

내가 말한다.

"그럼 다른 사람이었던 게지."

할아버지가 차가운 컵을 내게 건넨다.

"고맙습니다."

킬슨 선장님이 한 모금 마시고는 얼굴을 찡그린다.

"레몬을 아낌없이 썼구먼, 아모스 자네?"

"너무 신가?"

"아니. 신맛은 정확히 맞아. 잘 마시겠네."

"어떤가, 젊은이는?"

"진짜 맛있어요. 늘 그렇듯이요."

내가 대답한다.

우드웰 할아버지가 흔들의자에 등을 기대고 앉는다. 할아버지 손이 자꾸 떨려서 양손으로 컵을 꽉 붙잡고 있어야 하지만 불편해 보이지는 않는다.

"자 그럼, 새뮤얼."

할아버지가 이어 말한다.

"우린 네 친구란다. 뭔가 널 괴롭히는 게 있어. 우리 중에 누구라도 도움이 될 수 있다면 넌 부탁만 하면 된다."

"아무도 도와줄 수 없는 일이에요"

"그건 네 생각이지."

"제 덫이 잘려 나갔어요!"

"저런!"

킬슨 선장님이 말하면서 너무 놀란 나머지 셔츠 앞자락에 레모네이드를 쏟는다.

"몇 개나?"

"정확히는 몰라요. 거의 다요."

나는 아빠한테 했던 것처럼 두 분에게 일의 자초지종을 들려준다. 내 스키프로 타일러의 보스턴 웰러를 들이받았다는 부분만 빼고.

이야기를 마치자 킬슨 선장님이 한숨을 푹 내쉬며 말한다.

"이 아이 말이 맞네, 아모스. 우리가 할 수 있는 게 거의 없어. 정말 난처한 상황이군. 빅 스키프하고 잭 크로프트는 사연이 길지. 섣불리 끼어들지 않는 게 상책이야."

우드웰 할아버지도 그렇다는 듯 고개를 끄덕이지만 침통한 표정이다.

"안됐구나, 새뮤얼. 우리가 뭐든 도와줄 수 있을 거라고 생각했는데. 네 아버지도 우리가 자기 일에 간섭하는 걸 원치 않을 것 같구나."

"이건 아빠 문제가 아니에요. 제 문제예요."

"그럴지도 모르겠다만 그래도 넌 빅 스키프 아들이 아니냐. 그 애는 잭 크로프트의 아들이고. 그래서 일이 복잡한 거란다. 뭔가 해야 한다면 네 아버지가 해야 할 거다."

물론 내가 궁지에 빠져 여기로 오기 전에 나도 다 알았던 사실이다. 노인들이 나한테 말을 하게 만들었지만 아무 소용 없었다. 그것이 그 모든 일에 대해 또다시 나를 화나게 했다. 타일러한테 화나고 아빠한테 화나고 마룻바닥에 굴러다니는 맥주 깡통한테 화나고 무엇보다 얘기를 하고 나면 달라질 거라고 생각했던 나 자신한테 화가 났다.

우드웰 할아버지가 말한다.

"참으로 안타까운 일이네. 아이들만의 문제로 국한된 것도 아니니 이 무슨 몹쓸 일인지 원."

"흠."

선장님이 말하면서 몸을 앞으로 숙이고 내 눈을 똑바로 들여다본다.

"너 그 잃어버린 닻을 다시 갈고리로 붙잡을 생각이구나."

내가 거기까지 생각 못했다는 걸 선장님도 안다. 그런데 선장님이 너무 아무렇지도 않게 심상하게 말해서, 내가 선장님이 말한 그 갈고리로 바다 밑바닥을 훑어서 잃어버린 닻을 찾아낼 수 있을 것처럼 받아들이게 만든다.

"어쩌면요."

나는 그렇게 받아들인다.

"기운이 다 쑥 빠졌어."

"정말 화나요. 하나도 공평하지 않잖아요."

"그래."

우드웰 할아버지가 말한다.

"왜 안 그렇겠냐?"

선장님이 말한다.

우리는 잠시 앉아서 레모네이드를 마신다. 그 뒤론 아무도 말을 많이 하지 않는다.

14장
무슨 수를 써서라도

다음 2주 동안 나는 잃어버린 덫을 찾아내는 일에만 매달린다. 킬슨 선장님이 갈고리에 대해 말해 준 게 도움이 되었다. 내가 한 일은 갈고리에 한 발(a length of rope, 길이의 단위로 한 발은 두 팔을 양옆으로 펴서 벌렸을 때 한쪽 손끝에서 다른 쪽 손끝까지의 길이: 옮긴이) 정도 되는 밧줄을 이어 묶은 것이다. 갈고리는 네 개의 막대기에 큰 낚싯바늘이 달린 모양이다. 그 갈고리에 뭔가 걸려들 때까지 바닥을 따라 끌어당기면 된다. 걸리는 게 덫일 수도 있지만 낡은 장화나 타이어, 플라스틱 우유 상자, 해초 덩어리일 수도 있다. 바닥에 있는 온갖 쓰레기가 다 걸릴 수 있다.

한번은 진흙이 덕지덕지 달라붙은 낡은 전화기가 걸려서 미끼

가게의 데브 머피 아저씨에게 가져다주었다. 아저씨가 그 수화기를 귀에 대고 한 말이라니.

"와, 바닷소리가 들리는데!"

가끔 물이 그리 깊지 않고 물결이 잔잔할 때면 밑바닥에 있는 덫이 보일 때도 있다. 때로는 잃어버린 덫이 바닷가재를 담고 찰칵찰칵 올라오기도 한다. 흔한 일은 아니다.

어쨌든 이것 말곤 할 일이 없다. 줄무늬농어가 바로 코밑에서 돌아다닌다. 그런데 어쩐지 놈들하고 장난치고 노는 데 시간을 쓰는 게 적절치 않은 것 같다. 잃어버린 덫을 다시 다 찾아 가질 때까지는 그럴 수 없을 것 같다. 물론 내 힘으론 덫을 다 찾아낼 수도 없다. 이미 조류나 해류에 이리저리 휩쓸려 버렸을지도 모르는데다가, 덫을 어디에 놓았는지 정확한 장소를 다 기억해 내지도 못하니까. 총 200개 되는 덫 중에서 결국 반밖에 건지지 못할 거다.

데브 아저씨는 내가 다시 보트에 뱃기구를 갖추고 찾아낸 덫을 물속에 도로 놓아두어야 한다고 생각한다. 하지만 그게 다 무슨 소용이람? 내가 타일러를 아는데! 녀석은 절대 그 짓을 그만둘 놈이 아니다.

타일러가 자기 보스턴 웰러를 타고 지나가고 있다. 파커 빌하고 같이 있다. 파커는 아무 말도 하지 않고 한껏 폼을 잡으면서 타일러가 말할 때마다 비웃음을 흘리고 있다. 마치 그게 제 역할인 것처럼.

"야, 구린내!"

타일러가 소리친다. 내가 스키프로 녀석을 밀어붙일까 봐 멀찌감치 떨어진 채다.

"뭐 하냐, 가재잡이?"

"뭐 하는 걸로 보이냐?"

"거지발싸개 같은 판자때기 집에 갖다 놓으려고 거지발싸개만도 못한 쓰레기를 낚아 올리는 걸로 보인다. 너네 뒷간 변소에 어울릴 구닥다리 변기통이 걸려들지도 모르니 어디 한번 잘 끌어 보시지."

사실대로 말하면, 변기 하나를 끌어 올린 적이 있다. 하지만 도로 던져 버렸다. 녀석이 해안가에서 내가 하는 걸 지켜본 게 틀림없다.

"꺼져 버려. 남의 일에 상관 말고."

내가 말한다.

"야 스키피, 너랑 있으니까 진짜로 구린내가 나서 못 참겠다. 넌 어떻게 참냐?"

"이리 가까이 오면, 내가 말해 주지."

타일러가 낄낄 웃는다. 뭣도 모르고 파커도 따라 웃는다. 파커 녀석은 왜 웃는지 그 이유도 모르면서 그저 타일러가 바라는 대로 할 뿐이다.

"나중에 보자, 가재잡이!"

뒤미처 웰러가 도망치듯 사라져 간다. 좀처럼 분이 풀리지 않는다. 나는 지금 화가 잔뜩 나 있지만, 겉으로는 표시를 내지 않는다. 이제 나는, 녀석이 지금껏 나한테 한 짓이며 또한 계속해서 해 대고 있는 짓이 생각나도, 귀를 시뻘겋게 붉히지 않고도 참아 낼 수 있다.

때로 녀석이 나를 왜 그렇게까지 미워하는지 궁금할 때가 있다. 나는 한 번도 타일러에게 못되게 군 적이 없는데, 녀석은 늘 나한테 못되게 군다. 자기 아빠하고 우리 아빠하고 친구였을 때부터 지금까지 계속해서 쭉.

예전에 스쿨버스를 타고 다녔을 때는 정말 비참했다. 타일러가 내 귀를 잡아당기고 자기가 지은 노래를 불러 대는 통에 결국 자전거를 타고 다녀야만 했다. 엄마는, 타일러가 크느라고 그렇다면서 곧 괜찮아질 거라고 말하곤 했다. 하지만 녀석은 갈수록 심술만 더해 갔다.

혹시 누군가 돋보기를 가지고 있다가 파리를 겨냥해 태양 빛을 모으고 파리가 타 죽을 때까지 초점을 맞추는 걸 본 적이 있는지? 그저 무언가를 아프게 하고 싶을 뿐이고 그리고 그것밖에 달리 더 좋은 게 없어서 그러는 거라면?

타일러가 태양이고 내가 파리 같다.

어느 날 어업조합을 지나가는데, 대형 스포츠 낚시 보트에서 짐을 부리는 게 보인다. 핀 체이서 호는 아니다. 그렇다면 가까이 가 보지도 않았을 거다. 나로서는 생전 처음 보는 고급스러운 보트다. 사람들이 그 보트 주위로 모여들어서 왁자지껄 떠들어 대고 있다. 무엇 때문에 저 야단인지 알아보려고 스키프를 묶어 놓는다.

"그럼 물고기를 보시겠습니까!"

누군가가 말하고, 뒤미처 휘파람 소리가 난다.

"100하고도 80킬로그램!"

그 보트의 선장은 대형 아이스박스 상자를 열고 모여든 사람들이 자기 물고기를 감탄하며 구경하게 둔다. 우리 아빠가 작살로 잡았던 거와 같은 종류의 커다란 참다랑어다. 2미터 길이로, 속도 하나는 타고났다는 놈이다.

"자 이 멋진 동물에 대해 말씀드리자면……."

선장은 참다랑어를 무슨 고급 스포츠카인 양 자랑한다.

"이 큼지막한 꼬리, 보이죠? 참다랑어는 이 꼬리를 앞뒤로 1초에 서른 번이나 칠 수 있답니다. 우리 눈으로는 따라갈 수도 없게 빠른 거죠. 터보엔진이 따로 없다고나 할까요. 이 등지느러미 보이죠? 이 등지느러미를 뒤쪽으로 젖혀 홈으로 접어 넣는다는 거 아닙니까? 그래서 항력(drag, 어떤 물체가 유체 속을 운동할 때 운동 방향과는 반대쪽으로 물체에 미치는 유체의 저항력: 옮긴이)은 줄여 주고, 효율은 높여 주는 겁니다. 게다가 특수한 눈꺼풀까지 있어서 물속을 더 빨리 헤엄칠 수 있습니다. 아가미에는 엄청난 양의 산소를 빨아들이기 위한 환기창이 있고요. 튼튼하고 빠른 회복력을 지닌 심장에다가, 온혈동물입니다. 그래서 빠른 거죠. 얼마나 빠르냐? 이 참다랑어는 한 시간에 80킬로미터를 갈 수 있습니다. 공중으로 5미터까지 뛰어오를 수 있고요. 물고기 떼를 잡아먹으러 3,000킬로미터 이상을 헤엄쳐 가기도 합니다. 연중 특별한 때죠. 그러니, 신이 물고기를 창조하실 때 완벽에 도달한 손길로 빚어낸 물건이 바로 이 참다랑어 아니겠습니까! 그야말로 물고기 중의 물고기죠. 물고기의 왕! 칠대양의 여왕이죠!"

선장이 아는 게 아주 많아서 사람들이 다들 대단히 감명을 받은 모양이지만, 키가 크고 햇볕에 타서 말라 보이는 선장은 그저 웃어넘긴다.

"오해하지들 마쇼. 난 전문가가 아니니까. 죄다 인터넷에서 건져 냈지, 아무것도 아니오."

"올해는 지금껏 몇 놈이나 잡았습니까?"

누군가가 묻는다.

"몇 마리라니? 저런! 이건 내 평생 처음 잡은 다랑어요."

"사실입니까?"

"하늘에 두고 맹세하오."

"어떻게 그걸 잡았단 말입니까, 그럼?"

"순전히 운이요."

선장은 그렇게 시인한다.

"제프리 레지(Jeffrey's Ledge, 레지는 절벽에서 선반처럼 튀어나온 바위를 말함: 옮긴이) 근처에서 낚시로 대구를 잡고 있었소. 그때 다랑어가 떼로 헤엄쳐 가지 뭡니까. 고등어를 잡아먹으려고 말이요. 그때 운 좋게도 선상에 대형 릴(reel, 낚싯대의 밑 부분에 달아 낚싯줄을 풀고 감을 수 있게 한 장치: 옮긴이)이 설치되어 있었소. 미끼 덩어리를 달아서 던져 주니 놈이 기관차처럼 달려와서는 꽝 부딪치네! 내가 한 거라고는 놈이 지쳐 떨어질 때까지 꽉 붙잡고 있었던 것뿐이오. 일은 물고기가 다 했지."

선장이 다랑어를 잡은 그 멋진 낚싯대하고 릴을 자랑삼아 보여 준다.

"근사하네요. 그런 걸 설치하자면 얼마나 듭니까?"

선장이 어깨를 으쓱한다. 가격을 언급하는 게 난처한 듯이.

"이런 건 좀 비쌉니다. 릴이 큰데다가 낚싯대만도 500달러라서. 그래도 그만한 가치는 다 있지요."

참다랑어를 잡은 얘기를 처음에 듣지 못한 사람들에게 선장이 다시 들려줄 태세다. 그때 생선 도매상 나가하치 씨가 나타난다.

나가하치 씨는 키가 작고 땅딸한 일본 사람인데 검은 머리칼에 윤기가 흐르고 만면에 미소를 띠고 있다. 예전에 나가하치 씨가 다랑어를 검사하는 걸 본 적이 있다. 아빠가 물고기를 잡던 때였다. 나가하치 씨가 하는 일은 생선 두세 조각을 잘라 육질을 살펴보고 나서 몇 가지 도구를 이용해 채취한 샘플의 지방 함유량을 재어보는 거다. 그렇게 하면 가격을 매기는 데 도움이 된다. 나가하치 씨는 물고기를 사면 얼음을 채워서 야간 항공편에 일본으로 보낸다. 그 물고기가 그다음 날이면 도쿄 어시장에서 경매에 붙여진다고 한다.

10분쯤 후에 나가하치 씨가 선장한테 말하는 소리가 들린다. 그 참다랑어를 파운드당 16달러씩 쳐서 전부 다 사겠다고 한다. 그것도 현찰이든 수표든 원하는 대로 해서.

우연히 잡은 물고기 한 마리 값이 6,000하고도 560달러라고! 부두에 모여든 사람들이 다들 깜짝 놀라며 고개를 설레설레 젓는다. 심심찮게 일어나는 일이긴 하지만, 지구 저쪽 편 사람들이 다랑어 조각을 끈적거리는 쌀밥 덩어리 위에 날것 상태로 얹어 먹는 것을 좋아한다는 그런 이유로 해서 다랑어 한 마리 값이 그렇게 엄청날 수도 있다는 사실이 새삼 놀랍지 않을 수 없다.

"저게 어떤 건지 아나? 딱 복권 당첨이지 뭔가. 재미 삼아 해본 게 그냥 딱."

어떤 사람이 말한다.

"철부지 같은 소리 말게, 조지."

조지라는 사람의 친구가 말한다.

"저 보트는 돈으로 따지면 50만 달러나 나가. 게다가 그 낚싯대하고 릴을 사는 데 선장이 얼마를 썼는지 자네도 들었잖아."

조지라는 사람이 말을 받는다.

"그렇게 많은 돈을 써야 한다고 누가 그러나? 저 사람 얘기를 들었다시피, 다랑어를 쫓아가지도 않았다고 하잖나. 저놈이 저 사람 보트로 곧장 달려들어서 날 잡아 잡수쇼 한 거지. 생각해 보라고. 길바닥에서 돈을 줍는 거나 매한가지라니까!"

"그럼 자네가 한번 해보지 그래, 조지? 어디 보트 한 척 가져 다가 다랑어를 낚아 올려 보라고!"

조지라는 사람이 말한다.

"그래야겠네. 내년에는."

조지라는 사람의 친구가 피식 웃음을 흘린다.

"그럴 줄 알았네. 항상 말뿐이지 실천은 없고."

나는 하릴없이 배회하면서 사람들이 지루해하다가 결국 거의 다 떠나 버릴 때까지 기다린다. 이윽고 나가하치 씨가 그 커다란 다랑어를 자기 트럭에 싣고 공항까지 갈 얼음을 채운다.

"저기요."

내가 다가간다.

"뭐 좀 여쭤 봐도 돼요?"

나가하치 씨가 고개를 끄덕이면서 내가 누군지 생각해 내려는 표정을 짓는다.

"내일이나 그다음 날에도 다랑어 값을 그렇게 많이 쳐 주실 거예요?"

내가 묻는다.

"그야 다랑어 나름이지. 더 많을 수도 있고, 더 적을 수도 있고."

"더 적으면 얼마나요?"

"지방이 적은 물고기는 파운드당 8달러. 지방 함량이 아주 좋으면 18달러."

"고맙습니다."

"빅 스키프는 어디 있냐? 너 그 사람 아들 맞지?"

"잠시 은퇴 같은 걸 했어요."

"은퇴? 그렇게 젊은데. 은퇴하긴 너무 젊지. 빅 스키프는 작살잡이론 최고다. 언제나 지방이 좋은 놈만 명중시켰지! 잘 지내는지 내가 묻는다고 전해라."

"네, 꼭 전할게요."

나는 정말 그럴 생각이다. 그런데 집에 와 보니, 아빠는 빈 맥주 깡통을 새로 한 무더기 쌓아 놓고 소파에서 정신을 잃고 있다. 모두가 말하는 대로 아빠가 한때는 최고였을지 몰라도, 지금 이 순간의 아빠는 다랑어가 무릎으로 뛰어든다고 해도 지느러미 하나 건드리지 못할 거다.

그렇지만 어쩌면 내가 잡을 수 있을지도 모르겠다.

15장
커다란 물고기를 찾아서

다랑어를 보고 얻은 게 있다. 덕분에 내가 생각을 싹 고쳐먹은 거다. 그간 풀 죽어 돌아다니며 내 불운이나 한탄했는데, 어쩌면 타일러가 나한테 선물을 준 건지도 모르겠다. 올여름 내내 그 무거운 덫이나 끌어 올리며 죽도록 일한다? 한 번에 1달러씩만 겨우겨우 번다? 뭐 하러 사서 그 고생일까? 결국 나한테 필요한 건 쥐꼬리만 한 다랑어라도 한 마리만 잡으면 다 되는데!

좋다, 정확히 말하면 쥐꼬리만 한 다랑어로는 안 된다. 커다란 다랑어라야 한다. 한 200킬로그램 정도면 좋겠다. 500킬로그램까지 나가는 큰 다랑어도 있지만, 욕심 부리지 않겠다. 200킬로그램이면 충분하다. 그것으로도 돈을 많이 벌 수 있을 거고 온갖

것을 살 수 있다. 먼저, 로즈 호한테 모터를 새로 달아 줘야지. 나도 새 자전거를 받을 만하잖아, 안 그래? 타일러 것보다 더 끝내주는 산악자전거로. 그리고 새 진공청소기를 사서 집도 더럽지 않게 청소해야지. 엄마가 하고 싶어 했던 대로 창문에 새 커튼도 다는 거다. 그렇게 필요한 건 뭐든 다 가질 수 있을 거다.

생각해 보면, 참 놀라운 일이다. 참다랑어 한 마리가 내 삶을 바꾸어 놓다니. 어쩌면 아빠 인생도 바꾸어 놓을지 모른다. 아빠가 로즈 호에 새 모터가 돌아가는 소리를 들을 때까지 기다려. 그러면 아빠가 다시 고기를 잡으러 가고 싶어 할 거고 다시 정상적인 생활로 돌아갈 테니까. 그때 나하고 아빠는 동업자가 되는 거다. 그렇게 되면 타일러 크로프트 같은 졸부가 감히 빅 스키프 비어먼의 덫을 자르지는 못할 거다. 암 어림도 없지. 목숨을 부지하고 싶지 않다면 모를까.

한 마리, 그거면 된다. 커다란 놈으로 한 마리!

나는 너무 신이 나서 밥도 먹히지 않는다. 준비할 게 너무 많다. 먼저 밧줄 상태를 확인해야 한다. 미끼 광에 묵직한 줄이 한 통 있는데 그리 나빠 보이지 않는다. 나는 밧줄을 꺼내 들고 부두를 따라 앞뒤로 걸으며 길이를 재 본다. 180미터 정도. 이 길이면 충분할 거다.

아빠가 작살로 다랑어를 잡던 때 줄 감는 걸 본 적이 있다. 그 방법대로 줄을 통 안에 제대로 감아 놓는 데 한 시간 정도가 걸린다.

보다시피, 내가 하려는 게 바로 그거다. 작살로 참다랑어를 잡는 것! 내 작살에 맞은 놈은 기름기가 자르르 흐르는 놈이어서 나가하치 씨가 사지 않고는 못 배길 거다. 당장 이 순간에도 저 밖에서 이리저리 돌아다니면서 내가 나타나기를 기다리고 있는 놈이 있다. 거대한 물고기가 내 이름을 제 입에 올리고 있다. 어서 와서 나를 잡아 봐라, 스키프 비어먼!

어쨌든, 중요한 것부터 준비해야 한다. 제일 중요한 밧줄은 플라스틱 통에 잘 감아 두었다. 그다음이 밧줄에 붙들어 맬 케그(keg, 맥주 저장용으로 쓰는 작은 나무통: 옮긴이)다. 사람들이 다들 그렇게 하기 때문이다. 자, 작살로 다랑어를 찌른다. 작살 촉이 밧줄 한쪽 끝에 묶여 있고 그 다른 쪽 끝에는 케그가 묶여 있다. 밧줄이 다 풀리면 다랑어는 지쳐 나가떨어질 때까지 그 케그를 끌고 다닌다. 때가 되면 케그를 단단히 움켜잡고 끌어당기면 된다. 케그로 연결된 밧줄 끝에 커다란 물고기가 있다. 그야말로 땅 짚고 헤엄치기다.

알맞은 크기의 작은 통을 찾으러 다니는 데 또 한 시간 정도가 걸린다. 너무 커도 안 되고 너무 작아도 안 된다. 너무 크면 작살 촉이 다랑어가 지치기도 전에 빠져 버린다. 너무 작으면 다랑어가 쉽게 지쳐 나가떨어지지 못한다. 돌이켜 보니, 아빠가 그렇게 말하는 걸 수도 없이 들었다. 정확하게 맞아야 한다. 상황이 그런데, 아 여기, 완벽한 크기의 케그가 연장 서랍장 뒤에 숨어 있다.

나는 부두를 따라 줄이 감긴 통하고 케그를 끌고 가서 스키프 호 안쪽에 내려놓는다. 작살을 어떻게 구해야 할지 아직 알아내지 못했다. 하지만 결국 알아내게 될 거다.

다음은 모터에 들어갈 연료다. 나는 빈 기름통 두 개를 움켜잡고 주유소까지 걸어가서 통을 가득 채워 집으로 돌아온다. 왕복 거리가 1.5킬로미터쯤 된다. 돌아오는 길에는 기름통이 양팔을 홱홱 잡아당겨서 더 힘이 든다. 기름이 얼마나 필요할지 모르겠지만, 평소보다 더 많이 들 거라는 건 분명하다. 기름 탱크를 다 채우느라 두 번을 더 왕복한다. 그래서 또 한 시간하고 반이 지나간다.

이제 미끼다. 미끼 광의 냉장 박스에 남아 있는 소금에 절인 청어를 한 양동이 가져와서 스키프 호 가운데 의자 아래 둔다. 밑밥을 써야 할 때 쉽게 꺼낼 수 있을 거다. 잘게 자른 미끼 조각은 물속에서 먹이 냄새를 솔솔 풍긴다.

주방으로 돌아가서 땅콩버터하고 젤리를 넣어 샌드위치를 한 무더기 만들고 물주전자를 채우고 나니 깜깜한 한밤중이다. 여정을 위한 식량이다. 당장은 배가 고프지 않더라도 조만간 배가 고파질 테니, 땅콩버터하고 젤리 샌드위치라면 안성맞춤이다.

식량을 네모나게 나눠 싼 다음에 아빠를 살펴본다. 정신을 잃은 게 아니라면 완전히 곯아떨어진 상태다. 텔레비전을 끄고 맥주 깡통을 조심조심 주워 모은다.

아빠가 돌아누우며 끙 소리를 낸다.

"로즈……."

아빠가 중얼거린다.

"당신이야?"

잠시 후 아빠가 코를 드르렁거린다.

내 안의 무언가가 아빠에게 쪽지를 써 놓으라고 한다. 내가 어디로 가는지, 무엇을 할 작정인지 아빠에게 알려 주라고 한다. 하지만 또 다른 나는 멍청한 짓 하지 말라고 한다. 아빠가 한 시간 안에 깨어나서 쪽지를 보면 어쩌려고? 아빠가 나서서 나를 말릴 게 분명한데. 아니면 해안 순찰대랑 같이 난리법석을 피울 텐데. 어느 쪽이든 그렇게 되면 커다란 물고기는 물 건너간다. 나가하치 씨의 돈 다발도 더불어 물 건너간다. 새 모터도 근사한 산악자전거도 다 물 건너가고 아무것도 없게 된다.

위험을 무릅쓸 수는 없다.

나는 물살이 잠잠해질 때까지 부둣가에서 시간을 보낸다. 움직일 시간이다. 작살을 어찌해야 할지 생각해 둘 필요가 있다는 걸 알지만, 창피해서 생각하고 싶지 않다. 그냥 하는 거다.

스키프 호의 밧줄을 풀어서 막 나가려고 하는데, 나침반이 생각난다. 닻을 붙잡아 올릴 때는 나침반이 필요 없었다. 어디서든 늘 육지가 시야에 들어왔으니까. 하지만 모두가 잠든 한밤중에 앞바다로 나아가는 건 다르다. 적어도 어느 쪽이 동쪽인지는 알아야 한다.

"로즈야 안녕? 나 타도 되지?"

메리 로즈 호가, 내가 올라타자 조금 출렁거린다. 배가 실제로 살아 있는 것도 아니고, 사람이 살아 있는 것하고 같지 않다는 것도 안다. 그런데도 이따금 메리 로즈 호가, 내가 자기를 알아주는 것만큼이나 나를 알아주는 것처럼 보일 때가 있다. 딱 지금처럼 말이다.

"로즈야, 네 나침반 좀 잠시 빌려 써도 괜찮지? 잘 쓰고 새것같이 해서 돌려주겠다고 약속할게."

로즈가 괜찮단다. 나는 나침반의 나사를 풀어내고 스키프 호로 가져와서 가운데 자리에 고정시켜 놓는다. 내 보트에는 너무 큰 나침반이다. 이 나침반이면 포르투갈까지도 쭉 갈 수 있을 것 같다. 나는 그렇게 멀리까지는 가지 않을 거다. 50킬로미터 정도만 갈 거다. 50킬로미터는 3미터짜리 스키프로 가기엔 엄청나게 먼 길 같지만, 포르투갈에 비하면 그리 먼 거리도 아니다.

50킬로미터 먼 바다. 큰 물고기를 찾아서 50킬로미터. 무지개와 황금 단지를 쫓아서 50킬로미터. 아주 작은 보트를 타고, 모두가 잠든 한밤중에, 나 혼자서 50킬로미터다.

이제 떠날 때다.

16장
새빨간 도둑

만으로 접어드는 어귀에서 나는 시동을 끄고 노를 꺼낸다. 소리 없이 살살 노를 저어 만곡(curve, 물길이 활 모양으로 굽은 부분: 옮긴이)으로 간다. 우드웰 할아버지가 나를 보게 되는 건 절대 원치 않는다. 할아버지는 그러지 않을 거다. 할아버지 집에 불빛이 꺼져 있다. 내 생각에 우드웰 할아버지 같은 노인은 일찍 잠자리에 들 것 같다. 할아버지가 현관에 나와 앉아 있지 않는 한 아무것도 모를 거다.

현관을 생각하니 할아버지가 밖을 내다보고 있는 것처럼 느껴진다. 내가 무슨 꿍꿍이로 이렇게 살금살금 다가오는지 의아해하면서. 당연히 내 상상일 뿐, 할아버지는 깊이 잠들어 자신이 직접 만든 배 꿈을 꾸고 있을 거다. 게다가 할아버지는 이렇게 멀리까지는 잘 보이지도 않는다. 지금쯤이면 세상모르고 잠들었을 게 분명하다. 그래야 말이 된다.

그래도 혹시 몰라서, 할아버지네 독에서 멀리 떨어진 쪽으로 올라가 현관에서 보이지 않도록 한다. 스키프를 물가로 조용조용 밀어 놓고 차가운 물에 발목까지 담그고 서서 무슨 소리가 들리지 않는지 귀 기울인다. 새들조차 잠든 밤이다. 들리는 거라고는 귀뚜라미 소리와 청개구리 소리 그리고 후텁지근한 여름 바람 소리뿐이다.

나는 숨을 깊게 들이마셨다가 내쉰다.

내 양쪽 뺨이 벌겋게 달아오르는 게 느껴진다. 뭔가 나쁜 짓을 하려고 할 때면 늘 일어나는 현상이다. 한번은 내가 병에서 과자를 몰래 빼낸 적이 있는데, 그때 엄마가 나를 '새빨간 도둑'이라고 불렀다. 내 얼굴이 새빨개졌기 때문이다. 말을 하자면 이렇다. 엄마가 나를 새빨간 도둑이라고 놀리는 게 나를 찰싹 때리는 것보다 더 따끔했다. 그러고 나면 과자에서 흙 씹는 맛이 났다. 그렇게 나를 혼낸 뒤에 엄마는 나를 붙잡고 기분이 좋아지는 얘기를 들려주었다. 그때 내가 겨우 네 살이었기 때문에 정확히 어떤 얘긴지는 기억나지 않지만, 내가 우리 엄마를 알아서 하는 말인데, 재미있고 달콤하고 멋진 얘기였다.

모기가 내 목에 달라붙는다. 나는 소리 없이 모기를 꾹 눌러 잡는다. 그러고 나서 경사지로 올라가 저 멀리 보이는 할아버지의 배 창고로 향한다. 창고가 어둠 속에선 더 크게 보인다. 그림책에 나오는 성만큼이나 크다. 높이 달린 창문은 나를 감시하는 검은 눈동자 같고, 창고 문은 거인의 입 같다.

나 자신에게 말한다. 멍청하게 굴지 마. 저건 창고일 뿐이니까. 그게 다라고. 텅텅 빈 배 창고. 정신 바짝 차려!

뭘 해야 하는지 주의를 환기시키자 머리가 가벼워진다. 흥분되기도 하고 으스스해지기도 한다. 나는 창고로 살금살금 다가가 바깥쪽 외벽에 몸을 기댄다. 꺼칠꺼칠한 판자에서 비 냄새며 고목 냄새가 난다. 외벽 판자를 더듬더듬 짚어 가서 마침내 큼지막한 쇠 빗장에 다다른다.

여기서는 특히 더 주의해야 한다. 우드웰 할아버지가 반쯤 귀가 멀었어도, 끽끽거리는 문소리를 들으면 누구라도 잠이 깰 거다. 나는 조심조심 빗장을 풀고 대문의 육중한 무게를 몸으로 느낀다. 대문이 스르르 열려 안으로 들어가게 해 준다. 크고 오래된 경첩은 끽끽거리며 울지 않는다. 보다 묵직한 소리로 오우우우 노우우우우우, 라고 말하는 것처럼 들린다. 할아버지들이 목을 가다듬는 소리 같기도 하다.

나는 안으로 살며시 들어가 문을 당겨 닫는다. 종전과 다른 숨을 깊이 들이마시며 상쾌한 나무 향내를 음미한다. 풀냄새 같은 것이 콧속에서 상쾌하게 느껴지면서 목구멍으로 박하사탕처럼 화하게 내려간다.

처음엔 창고 안이 너무 어두워서 눈두덩이 위에 부드러운 담요가 덮인 느낌이다. 이윽고 높이 달린 창문의 형태와 얼룩덜룩한 별빛이 눈에 들어온다. 여전히 잘 보이지는 않지만, 가장 멀리 떨어진 벽도 알아보게끔 된다. 톱질용 모탕에 발가락이 차인다. 절로 터지려는 비명을 가까스로 꿀꺽 삼킨다.

정신을 똑바로 차리고, 도둑처럼 살금살금 숨어든다.

지금 하려는 짓이 정확히 말하면 도둑질은 아니라고 애써 나 자신을 타이른다. 하지만 이게 도둑질이 아니면, 그럼 뭐지?

뒤쪽 벽을 짚어 나간다. 못에 걸린 연장, 지저깨비(splinters, 나무를 깎거나 다듬을 때에 생기는 잔 조각이나 나무에서 떨어져 나오는 부스러기: 옮긴이), 옹이구멍들이 만져진다. 내가 찾는 건 내 손에 채 닿지 않는다. 나는 톱질용 모탕을 끌고 와서 그 위에 올라선다. 숨을 죽이고 몸을 쭉 내뻗는다.

닿는다. 바로 내 손끝에 있다. 우리 아빠의 작살. 아빠가 만들어서 우드웰 할아버지에게 준 그 작살이다. 나는 작살을 들어 올려서 못에서 빼낸다. 무거울 줄 알았는데, 가볍다. 길고 가볍고 손잡이에 균형이 잡혀 있다. 뜻밖의 사실에 아찔했던 모양이다. 뒤미처 톱밥으로 벌러덩 나자빠졌는데 숨이 쉬어지지 않는다. 숨이 탁 막혔다가 잠시 뒤에 다시 돌아온다. 한 번에 조금씩.

후유, 숨을 쉬게 되자 우드웰 할아버지가 더 걱정된다. 내가 할아버지 작살을 가져간 걸 알게 되면 뭐라고 하실까? 나는 뭐라고 대답하지? 제대로 대답할 만한 말이 하나도 생각나지 않는다. 그렇다고 여기서 그만둘 수는 없다. 내 머릿속에선 결정이 난 일이고 다른 여지는 없다. 물고기가 당장 저 밖에 있다. 내일이나 모레면 너무 늦을지도 모른다. 그러니까 오늘 밤엔 출발해서 태양이 떠오를 때 거기 있어야 한다. 일출과 함께 떠오르는 커다란 물고기를 찌를 준비를 하고서. 그러려면 작살이 있어야 한다. 달리 방도가 없다.

할아버지한테 작살을 빌려 달라고 부탁할 수도 없는 노릇이다. 다랑어를 잡을 수 있는 데로 갈 거라고 하면, 할아버지는 나를 의자에 꽁꽁 묶어 두고 우리 아빠를 부르거나 그보다 더한 일도 할 테니까. 그래서 나는 일이 끝나면 할아버지도 다 이해해 줄 거라고 스스로를 타이른다. 내가 물고기를 잡아서 돈이랑 그 모든 걸 전부 가진 뒤에 말이다. 그러면서도 내가 얼마나 잘못하고 있는지는 애써 생각하지 않으려고 한다. 우드웰 할아버지 것을 훔치다니, 나한테 그렇게 잘해 주신 분인데…….

할아버지는 끝까지 잠에서 깨지 않는다. 아니 무엇 때문에 자꾸 떨어지는 소리가 나고 문이 끽끽거리는지 확인하러 창고로 나와 보진 않는다.

내가 창고 밖에서 처음 알아본 게 반딧불이다. 한 떼의 반딧불이가 길게 자란 풀밭에서 작은 별빛처럼 반짝반짝 빛나고 있다. 마치 내가 스키프 호로 돌아가는 길을 밝혀 주고 있는 것 같다.

좋은 징조일 거라는 생각이 든다. 이 순간 반딧불이도 내가 길을 찾도록 도와주고 싶어 하니까.

나는 스키프가 기다리고 있는 물가로 종종걸음을 친다. 작살이 내 보트보다도 길다. 너무 길어서 구식 자동차에 달린 엠블럼(emblem, 전형적인 표본이 되는 상징: 옮긴이)처럼 뱃머리 위로 튀어나온다. 크고 오래된 작살은 쓰라고 있는 거야, 그렇지 않아? 절대 쓰지 않을 것처럼 그렇게 모셔만 두는 게 무슨 소용이람?

일단 만을 벗어나자 나는 할아버지 걱정은 벗어 버리고 거대한 물고기만 생각한다. 커다란 참다랑어. 놈이 말하는 게 들린다. 학교 운동장에서 보는 악동처럼 놈이 내게 건방을 떤다. 어서 와서 잡아 보시지, 가재잡이! 잡아 볼 테면 어디 한번 잡아 보라고!

17장
스키프 비어먼의 세 가지 규칙

만을 따라 내려가는데, 사방이
온통 다 어둡다. 나무들도 검게 보이고 물도 검게 빛난다. 만을
내려가서 아빠가 소파에서 정신을 놓고 있는 우리 집을 지나간
다. 강으로 향하는 만 아래쪽은 물살이 빠르고 수심이 깊다. 강으
로 내려가 항구로 나가자 등대가 맨 바윗덩어리 위에 서 있는 게
보인다. 마치 키 큰 거인이 머리에 등불을 밝히고 있는 것 같다.

들리는 거라고는 선체에 철썩철썩 부딪히는 물소리하고 탈탈
돌아가는 모터 소리뿐이다. 나 자신을 위로하려고 나지막한 휘
파람 소리를 보탠다.

이렇게 늦은 밤에 스키프만 움직이고 있다. 스피니 코브의 다
른 배들은 자기들 정박장에 잠들어 있다. 문득 참다랑어도 잠을

잘까 궁금해진다. 어떤 물고기는 잠을 자지만, 자지 않고 계속 움직여야 하는 물고기도 있다. 아마 그 거대한 푸른 다랑어는 계속 움직이는 종류일 거다.

언젠가 아빠한테 어둡기만 한 저 깊은 바닷속에서 물고기는 어떻게 알아보느냐고 물어본 적이 있다. 아빠는 물고기가 비늘 밑에 특별한 신경조직이 있어서 물속에서 움직이는 것들의 형체를 느낄 수 있다고 알려 주었다. 작은 물고기가 살짝만 움직여도, 큰 물고기는 우리가 눈으로 보는 것처럼 능숙하게 그것을 제 피부로 느낄 수 있다고 했다. 그럼 마법 같은 거야? 내가 그렇게 묻자 아빠는 곰곰이 생각하고 나서 말해 주었다. 아니, 마법은 아니고, 생물마다 각자의 장점을 가지고 있는 자연의 섭리야.

그때 엄마가 아빠 말에 맞장구를 치며 인간의 장점은 두뇌라고 말해 주었다. 그래서 머리를 쓰지 않으면 잃어버린다는 말이 있는 거란다. 엄마는 그 점을 퍽 중시해서, 내가 사물에 대해 생각해 보고, 학교에서는 선행을 하고, 책을 많이 읽기를 바랐다. 이따금 내 머릿속 깊은 곳에서 엄마가 해 준 말이 들릴 때가 있다.

"세상 사람들에게 너의 진가를 보여 주렴, 스키프 비어먼."

엄마는 내가 부엌을 지나갈 때면 그렇게 말해 주곤 했다. 그게 아니면 세 가지 규칙을 상기시켜 주었다.

엄마의 세 가지 규칙.

규칙 1. 똑똑하게 생각해라.

규칙 2. 진실을 말해라.

규칙 3. 절대 포기하지 마라.

처음 두 개는 늘 까먹는다. 세 번째라면 다르다. 그 덕분에 내가 지금 여기 나와 있는 거다. 그런데 절대 포기하지 않는 것이 똑똑하게 생각하지도 않고 진실을 말하는 것도 아니라면 어떻게 되는 거지? 다 무효인가?

신이 네게 머리를 주셨잖니, 스키프 비어먼, 잘 써 보렴.

알았어, 엄마. 노력할게요. 정직하게.

정직이라고? 방금 전에 저 좋은 노인 분한테서 작살을 훔쳐 놓고 그런 말이 나와!

그럴 수밖에 없었어, 엄마. 절대 포기하지 말라고 했던 말, 기억 나? 규칙 3이잖아.

너 지금 엄마하고 말장난하자는 거니, 스키프 비어먼?

아니야, 엄마.

좋아, 그럼. 엎질러진 물이라 되돌릴 수 없지만, 조심해야 돼.

조심할게요.

어디로 가는지는 알아? 어떻게 가야 하는지도 알고?

응, 알아요, 엄마.

배 안에 있어. 무슨 일이 있어도 꼭 배 안에만 있어야 돼. 엄마한테 약속할 수 있지?

응, 엄마, 약속해요.

조류가 나를 등대로 데려다 준다.

불빛을 등지고 커다란 빨간색 부표를 향해 키를 잡아라.

아빠가 처음으로 나를 메리 로즈 호에 태우고 바다로 데리고 나갔을 때 해 주었던 말이다. 아빠는 나를 무릎에 앉히고 내가 부표를 향해 배를 몰고 가게 했다. 아빠는 그렇게 해서 어느 방향으로 가야 하는지, 어떤 바위를 피해 가야 하는지, 해협 표시가 어디 있는지 알게 해 주었다. 그래서 일단 항구를 빠져나가면 어느 방향으로 가야 하는지는 알고 있다. 동쪽으로 곧장 50킬로미터. 이보다 더 단순할 순 없다. 그냥 해 뜨는 곳으로 향해 가면 물고기들이 기다리고 있는 곳이 나온다. 누워서 떡 먹기다. 아무리 바보라도 절벽에서 툭 튀어나온 바위, 레지는 찾아낼 수 있다. 내가 그걸 못할까?

커다란 빨간색 부표를 지나가는데 부표가 나를 보고 에후, 한숨을 내 쉰다. 부표가 물너울(swell, 바다와 같은 넓은 물에서 크게 움직이는 물결: 옮긴이)을 타면서 안에 있는 공기가 위아래로 움직이는 것뿐인데, 그게 꼭 사람이 내는 한숨 소리 같다. 애절한 목소리로 내가 크게 잘못하고 있다고 알려 주는 것만 같다. 어쩌면 내가 큰 실수를 하고 있는 건지도 모른다. 하지만 지금 와서 그만둘 수는 없다. 절대로 그럴 수 없다. 내 남은 평생 동안 두고두고 그때 그렇게 했어야 했다고 후회할지도 모른다. 큰 기회를 놓친 걸 괴로워할지도 모른다.

물고기를 생각하며 나 자신에게 말한다. 어둠이 얼마나 대단한지 생각하지 마. 스키프가 얼마나 작게 느껴지는지도, 네가 얼마나 겁을 먹고 있는지도 생각하지 마. 몸속에서부터 시작해서 머리끝에서 발끝까지 겁이 난다. 온몸이 덜덜 떨리다 못해 얼얼해지도록 겁이 난다.

물고기를 생각해. 큰 물고기가 등대처럼 반짝반짝 빛을 내면서 너에게 길을 알려 줄 거야. 그 큰 물고기가 네 생활을 확 달라지게 할 거라고.

큰 물고기, 큰 물고기.

큰 물고기만 너무 열심히 생각하느라 나침반을 확인하는 걸 깜빡할 뻔했다. 다행히 나침반은 어둠 속에서도 빛을 낸다. 나는 바늘 방향을 동쪽 'E' 선에 잘 맞추어 놓는다.

네 나침반을 믿어라. 그것도 아빠가 늘 했던 말이다. 어둠 속에서나 안개 속에선 직관을 믿을 수 없으니까 네 나침반을 믿어. 나침반이 없으면 누구라도 십중팔구는 제자리만 빙빙 맴돌게 될 거다. 나침반을 잃어버리면 영락없이 길을 잃게 된다.

나는 계속해서 뒤를 돌아다본다. 한 번 뒤돌아볼 때마다 등대의 신호등은 점점 더 작아지고 희미해진다. 잠시 뒤 신호등은 밤의 끝자락의 한 점 불빛으로 남는다. 이윽고 아무것도 보이지 않는 시점이 된다. 내가 적어도 8킬로미터는 왔다는 뜻이다. 먼 바다로 8킬로미터.

앞으로 40킬로미터 이상을 더 가야 한다. 세 시간은 더 가야 한다. 어쩌면 네 시간이 걸릴지도 모른다.

그쯤은 아무것도 아니다. 누워서 떡 먹기다. 내 보트 안에 있으면서 내 나침반을 믿는 한, 두려울 것도 겁먹을 것도 없다.

그런데도 물이 어떻게 이렇게 많을 수 있는 건지 자꾸 딴생각이 난다. 검고 또 검은 물. 물이 어찌나 컴컴하고 깊은지 숨이 헉 막힐 정도다. 물이 도처에 사방팔방으로 있어서 어디가 하늘이고 어디가 물인지, 내 보트가 올라가는지 내려가는지도 분간이 되지 않는다.

그런 건 생각하지 마. 물이 얼마나 깊든 그게 무슨 상관이야? 동쪽으로 나아가는 것만 생각해. 거기에 다다르는 것만 생각하라고. 큰 물고기를 생각해. 돈으로 뭘 할 건지나 생각해. 새것처럼 근사해질 메리 로즈 호하고 새사람으로 거듭날 아빠를 생각해. 그 빌어먹을 목소리로 우리 변소를 놀려 대는 노래나 빽빽 내지르는 타일러 크로프트를 생각하라고.

동쪽으로 나아가.

동쪽으로 나아가.

동쪽으로 나아가면서 태양이 떠오르고 큰 물고기가 떠오르면 무슨 일이 일어날까 생각해.

나는 동쪽으로 나아가다가 너무 놀라서 쓰러질 뻔했다. 모터가 딱 꺼져 버렸다.

18장
별들에게 무슨 일이?

　　　　　모터가 딱 멎어 버리니, 내 숨도
턱 멎을 것 같다. 모터 소리에 너무 익숙해 있어서 그런지 갑작
스런 정적이 찾아들자 가슴이 철렁 내려앉는다.

　그런데 정적만 있는 게 아니다. 모터 없이도 보트가 나아간다.
바다가 보트를 넘겨받아 제 마음대로 한다. 모터가 멎자마자 커
다란 물너울이 스키프를 받아 빙그르르 돌린다. 마치 바람이 물
웅덩이에 빠진 나뭇잎을 돌리듯이 나를 돌리고 또 돌린다. 나침
반이 동쪽에서 서쪽으로 휙 돌아가더니 다시 또 돌아간다. 모든
일이 수포로 돌아가는 것 같은 느낌이다.

　이건 아니다. 정말 아니다.

　나는 코드를 홱 잡아당긴다. 모터가 탈탈거리다가 이내 멎는

다. 다시 한 번 홱 잡아당기고 또다시 홱 잡아당긴다. 꼼짝도 하지 않는다. 뭐가 잘못된 거지? 백 가지 가능성이 있다. 스파크 플러그가 고장 났거나 전선이 끊어졌을 수도 있고 기화 장치가 눌어붙었을 수도 있다. 어쩌면 이 불쌍하도록 오래된 모터가 마침내 제 수명을 다한 건지도 모른다. 어둠 속이라 제대로 알 길은 없지만.

너무 화가 나고 겁도 나서 그대로 울음이 터지려고 한다. 거의 울 뻔했지만 울지는 않는다. 그러다가 기름통을 확인해 봐야겠다는 생각이 든다. 진작 확인해 봤어야 했다. 바짝 말라 있다! 나는 옆의 기름통으로 연료 호스를 바꿔 끼우고 나서 프라이머 벌브(primer bulb, 시동을 쉽게 하는 장치: 옮긴이)를 비튼다. 시동 장치 코드를 홱홱 잡아당기며 빌고 또 빈다. 제발, 제발, 제발 좀 걸려라!

오래된 모터가 캑캑거리며 살아난다.

이 달콤한 소리라니! 어딘지도 모르는 미지의 세상 한가운데 달랑 혼자 남겨졌을 땐 모터 돌아가는 소리만큼 맑고 달콤한 소리도 없을 거다. 나는 곧바로 스키프가 다시 동쪽으로 나아가게 한다. 레지를 찾아서 동쪽으로. 태양이 떠오를 때까지 동쪽으로. 큰 물고기가 살고 있는 동쪽으로.

하늘을 올려다보며 별이 보이길 빌어 보지만, 하늘도 바다만큼이나 깜깜하다. 구름이 잔뜩 낀 게 틀림없다.

나침반을 믿는 것 말고는 아무것도 할 게 없다.

이게 좋은 생각이라고 확신하니, 스키프 비어먼?

모르겠어. 하지만 이것 말고는 딴 생각이 안 나.

규칙 3번이 네 목숨을 걸라는 얘기는 아니야. 절대 그런 뜻이 아니란다.

걱정 마, 엄마. 난 배 안에만 있을 테니까.

어렸을 때 넌 어두운 걸 무서워했잖아.

지금도 그래. 하지만 문제없어요.

밤새도록 철야 등을 켜 둬야 했어. 안 그러면 깨어나서 울었거든.

그건 내가 아기였을 때잖아.

엄마가 말한 거 잘 기억해. 용감해지는 게 무모한 짓을 하는 거하고 같은 게 아니란다.

난 용감해지려는 게 아니야. 그냥 물고기를 잡으려는 거야.

조심해라, 우리 스키프. 그 작살은 너보다도 더 크잖니.

조심할게요, 엄마. 무모한 짓은 절대 안 할게.

엄마가 진짜로 나한테 말을 걸고 있다고 생각하는 건 아니다. 엄마가 말해 주었던 게 내 머릿속에 그대로 저장되어 있다가 내가 외로울 때면 튀어나오는 거다. 내가 처한 상황에 대해 엄마가 무슨 말을 해 줄지, 엄마는 어떻게 생각하는지, 그리고 엄마가 내가 어떻게 하기를 바라는지, 내가 다 아는 것처럼 말이다.

내가 여섯 살쯤이었을 때 한번은 부두에서 다이빙을 했다. 물이 내 키보다 깊어서 아빠가 나를 건져 주어야 했다. 그때 날 구해 주지 않았더라면 물에 빠져 죽었을지도 모른다. 엄마랑 아빠가 내 몸의 물기를 다 닦아 준 다음에 엄마가 내게 물었다. 무슨 생각으로 그런 짓을 했느냐고. 나는 엄마한테 이렇게 대답했다. 어떻게 하면 용감해지는지 배우고 있었다고. 그때 엄마가 용감해지는 것이 무모하게 만용을 부리는 거와 같은 게 아니라는 얘기를 해 주었다. 그러면서 용감해지고 싶다면 먼저 머리를 써서 현명해져야 한다고 말해 주었다.

생명은 선물이란다, 내가 진짜 멍청한 짓을 저지를 때마다 엄마는 그렇게 말했다. 내가 도전 삼아 자전거에서 손을 뗀 채 눈을 감고 스포터 힐 언덕길을 달려 내려갔을 때도 엄마는 그런 말로 나를 타일렀다.

이제 나는 여기 대서양 한가운데서 엄마를 생각하면서 어서 태양이 떠오르기를 기도 드리고 있다. 태양이 떠오르면 모든 일이 다 잘될 거라고 기대하고 있다. 태양이 떠오르면 나처럼 거대한 다랑어를 잡으러 나온 다른 배들이 보일 거다. 문제가 생기면 손을 흔들든가 소리를 지르면 된다. 사람들이 도와줄 테니까.

언젠가 아빠가 메리 로즈 호를 타고 바다에 나갔을 때 갑자기 폭풍이 몰려오고 물너울이 흰 파도로 산산이 부서진 적이 있었다. 아빠는 조심해서 빨리 돌아가리라 마음먹었다. 그런데 그때 냉각 호스가 터져 버려서 아빠 배가 동력을 잃고 물에 휩쓸리기 시작했다. 마침 데브 머피 아저씨가 아빠를 보게 돼서 아빠 배를 집까지 끌고 왔지만, 폭풍이 심한 바다에서 결코 쉬운 일은 아니다. 보트 두 대가 모두 폭풍에 맞아서 창문이 깨지고 기어 장치가 박살나고 덫이 배 밖으로 몽땅 떨어져 나갔다. 데브 머피 아저씨한테 돈을 물어 주어야 하느냐고 내가 아빠한테 물어보았다. 아빠는 그러는 게 아니라고 했다. 혼자서 물고기를 잡고 모두 자신을 위해서 물고기를 잡지만, 한 사람이 바다에서 문제에 빠지면 우리 모두가 문제에 빠지게 되는 거라고 했다. 바다를 두고서는 우리 모두 같은 운명이다. 그래서 도움의 손길을 내밀 때 비용 따위는 생각하지 않는다. 다음번에는 그것이 내 차례가 되어서 내 배의 모터가 망가지거나 물에 가라앉거나 파도에 배가 박살날지도 모르는 일이니까.

그런데 지금 이 순간 여기엔 나 말고 다른 사람은 코빼기도 보이지 않는다. 하늘에도 새 한 마리조차 보이지 않는다. 사실은 내 머리 바로 위까지 어둠이 짓누르고 있어 하늘이 잘 분간되지도 않는다. 단지 나하고 스키프하고 통통거리는 모터 소리하고 선체로 철썩철썩 부딪히는 검은 물소리만 있을 뿐이다.

잠시 후 가팔랐던 물너울이 잔잔해진다. 나침반 말고는 아무것도 보이지 않는다. 동쪽을 가리키는 대문자 'E'에 바늘을 맞춰 놓는다. 그것만큼은 잘 보인다. 이따금 나는 스키프에서 손전등으로 깜빡깜빡 불빛을 내보낸다. 하지만 내 눈에 잡히는 건 검은 물밖에 없다. 바닷물이 어찌나 검은지 깜박깜박하는 불빛마저도 그대로 꿀꺽꿀꺽 삼켜 버린다.

혼자라고 느껴지면 노래를 불러 보렴. 분명 누군가가 너한테 입 좀 다물라고 말해 줄 거야.

노래는 말도 안 돼, 엄마. 엄마답지 않아요.

웃지 않을게, 스키피, 약속할게. 어서 노래를 부르렴.

지금 당장은 노래가 떠오르지 않는다.

넌 할 수 있어. 네가 다섯 살 때 좋아했던 노래 기억나니? 그 고기잡이 노래?

물론 그 노래는 기억난다. 그런데 단 몇 마디뿐이다.

'엄마는 고기 잡으러 가요, 아빠도 고기 잡으러 가요, 나도 따라 고기 잡으러 가요.'

아빠가 내 생일날 주려고 새로 나온 낚싯대를 샀는데 내가 그 노래를 다 배울 때까지는 주지 않겠다고 했다. 문제는 내가 일단 그 노래를 외우고 나자 입을 다물지 못했다는 거다. 내가 어찌나 지겹게 노래를 불러 댔는지 엄마가 이렇게 말할 정도였다. 한 번만 더 그 노래를 부르면 엄마 귀가 떨어져 나갈 거라고. 약속하는 거야? 난 그렇게 말했다. 나로서는 엄마 귀가 떨어져 나간다는 게 정말 끝내주는 일 같았기 때문이다. 내 말에 엄마가 배꼽까지 부여잡고 웃는 바람에 아빠가 엄마 등을 다독여 줘야 했다. 간신히 웃음이 멎은 끝에 엄마는 내 맘대로 실컷 노래를 불러도 좋다고 했다. 지쳐 떨어질 때까지 노래를 불러 보렴. 엄마 귀는 어떡하고? 내가 물었다. 난 내 귀가 좋아. 그렇게 말하면서 엄마는 아빠가 결혼기념일에 선물한 귀고리를 어루만졌다. 난 내 귀가 좋아. 그래서 잘 지킬 생각이란다. 자, 계속해서 노래를 불러 보렴.

내 목소리는 사방팔방이 텅 빈 거에 비하면 진짜 작게 들리지만, 잘 부른다는 느낌이 든다. 내가 여기 와 있다는 걸 대서양한테 알려 줘야지.

"엄마는 고기 잡으러 가요. 아빠도 고기 잡으러 가요. 나도 따라 고기 잡으러 가요."

손으로 의자를 두드리면서 박자를 맞추니까 노래가 더 근사해진다. 쿵 짝, 쿵 짝, 쿵 짝.

"엄마는 고기 잡으러 가요! 아빠도 고기 잡으러 가요! 나도 따라 고기 잡으러 가요!"

문제라면, 기억나는 노랫말이 달랑 그 한마디라는 거다. 대나무 낚싯대랑 낚시터와 관련된 것도 있는데 잘 떠오르지 않는다. 내가 멍청한 짓을 하고 있어도 들을 사람이 없다는 게 오히려 다행이다. 조그만 보트에서 고래고래 악을 쓰며 노래를 불러 대고 있지만, 이렇게 쉬운 노래도 하나 기억해 내지 못하는 한심한 녀석이 바로 나다. 이토록 캄캄한 어둠 속에 나 혼자뿐이라는 생각이 나를 미치게 만들거나 뭐 그 비슷하게 만드는 것도 같다.

어쩌면 그럴지도 모른다. 내가 제정신이 아니라는 뜻이다. 이렇게 작은 배를 가지고 육지에서 이렇게나 멀리 떨어져 나오다니 완전히 정신 나간 생각이다! 내가 정신이 나가도 한참 나갔지! 태양이 뜬다고 하더라도 육지는 보이지 않을 거다. 집으로 돌아가는 길은 도대체 어떻게 찾을래?

나침반이 있잖아, 이 바보야. 징징거리지 좀 마! 너한텐 나침반이 있어, 안 그래? 메리 로즈 호한테서 빌린 정확하고 튼튼한 나침반. 어떤 악천후에서도 로즈를 무사히 집으로 데려다 준 나침반이잖아. 그러니까 너는 물고기나 잡아, 스키프 비어먼. 그러고 나서 서쪽으로 향하는 거야. 서쪽으로 줄곧 향하다 보면 육지에 쿵 하고 닿을 거라고. 스피니 코브의 항구가 아닐지도 몰라. 설령 해류가 너를 반대 방향으로 밀어낸다 해도 육지에는 닿을 수 있을 거야. 그 커다란 다랑어를 나가하치 씨한테 팔면 리무진을 타고 집으로 돌아갈 수 있어.

내가 리무진을 타다니. 나도 모르게 웃음이 터지면서 걱정스러워 죽을 지경인 상황에서도 어느 정도 벗어난다. 머리를 맑게 해 보려고 머리를 흔들다가 내가 식은땀에 흠뻑 젖어 있다는 걸 깨닫는다. 속옷까지 쫄딱 젖어 버렸다. 그런데 그건 내가 맨 처음 생각한 거에 지나지 않는다. 내가 느낄 수 있는 거라고는 축축하게 젖은 기운밖에 없다는 느낌이 드니 말이다. 지금 식은땀을 흘리는 건 내가 아니다. 어둠 그 자체다.

안개.

그게 바로 별들에게 일어난 일인데 이렇게 멍청하다니! 짙은 안개, 그것이 내 시야를 잔뜩 가리고 있는 거다. 지독한 안개. 아무것도 보이지 않는 안개. 희뿌연 어둠. 사람들이 말하는 진짜 농무(pea-souper, 자욱하게 낀 짙은 안개: 옮긴이)다.

지금으로선 태양이 떠오르길 바라는 수밖에 없다. 태양이 안개를 다 태워 버리고 다시 세상이 보이게 되기를 기도 드리는 수밖에 없다. 어둠 속에서 길을 잃는 것보다 더 무서운 게 있다면, 그건 바로 안개 속에서 길을 잃는 거다.

19장
안개로 세상을 만든다면

결국 해는 떠오른다. 해는 언제나 떠오른다, 그렇지 않은가? 밤이 끝나지 않을까 봐 안달복달 조바심치며 걱정하든 말든 태양은 떠오른다. 그런데 이맘때 해는 안개에 손도 대지 못한다. 그러기엔 안개가 너무 짙다. 안개가 너무 짙어서 해가 잘 보이지도 않고 빛으로만 겨우 번지고 있다. 마치 안개 속에 있는 희끄무레한 불빛 같다.

아빠가 그러는데 구름이 사람 눈높이로 내려온 게 안개라고 한다. 그런데 구름은 솜털처럼 폭신폭신하고 예쁘지만 안개는 전혀 그렇지 않다. 안개는 내가 어디로 가고 있는지, 파도가 어디에서 부서지는지도 볼 수 없게 만든다. 안개는 내 눈을 가지고 논다. 거기 있지도 않은 형체를 보여 준다. 둥둥 떠다니는 성. 나한테로 돌진하려는 해적선. 끔찍한 악몽에서나 나올 법한 괴물들.

어릴 적에 어쩌다가 안개가 용한테서 나온 거라는 생각이 내 머릿속에 심어졌다. 책에서 봤겠지만, 불을 내뿜는 용이 내 머릿속엔 그렇게 틀리게 박혀서, 한때 나는 용을 숨 쉬는 안개라고 여겼다. 크기는 물고기만 한데다가 바다풀 냄새를 풀풀 풍기면서 숨을 쉬는 용. 아직도 내 마음 한구석엔 안개가 조수 위로 내리면 용이 안개 저 안쪽에서 기다리고 있는 거라는 생각이 남아 있다. 용이 나를 그 안개 속으로 세차게 빨아들이면, 난 영영 빠져나오지 못할 거다.

그만해, 바보야! 상상 속의 괴물이니 뭐니 손에 잡히지도 않는 그딴 것들을 가지고 수선 떨지 말라고. 그래 안개에 갇혀 있다, 그래서 뭐? 이제 보트하고 주변의 물은 보이잖아, 안 그래? 이 큰 작살을 던져도 될 만큼 저기 멀리까지도 볼 수 있잖아. 확실히 그렇잖아. 뭐가 더 필요한데?

새를, 생각한다. 새가 필요하다. 새가 물고기를 찾는 수단이다. 물고기가 먹이를 먹느라 수면에 잔물결을 일으키면, 새들은 원을 그리며 빙빙 날다가 물속으로 휙 뛰어든다. 새들은 멀리 떨어져 있어도 보이기 때문에, 그 새를 보고 물고기가 어디 있는지 알아낼 수 있다. 아빠 말에 따르면, 인류 최초의 인간은 그런 식으로 새가 하는 걸 보고 물고기를 잡았다고 한다.

그런데 이렇게 짙은 안개 속에서 새를 어떻게 찾지? 불가능하다. 불을 보듯 뻔하다.

잠시 후에 걱정일랑은 잡아매고 마음을 가라앉힌다. 안개는 내가 어떻게 해 볼 수 있는 게 아니다. 내 힘으론 어쩔 수 없는 일이다. 상황을 있는 그대로 받아들여야 한다. 나한텐 괜찮은 스키프하고 미끼 한 양동이하고 최고의 작살이 있다. 최초의 인간은 끝이 뾰족한 막대기나 돌 조각만 가지고 있었을 거다. 그렇다면 내가 훨씬 낫다, 그렇지?

맞지?

입 다물고 물고기나 잡아.

그렇게 적힌 티셔츠를 입고 있는 관광객을 본 적이 있다. 이젠 이해된다. 지금이 아니면 절대 못한다, 그런 생각이 든다. 그래서 나는 미끼 양동이 뚜껑을 열고 청어를 조금 집어내 썰어서 옆으로 던진다. 생선 기름이 고르게 잘 퍼져 나가도록 아주 잘게 자른다. 이 그럴듯한 밑밥으로 먼저 작은 물고기를 유인할 생각이다. 그러고 나면 큰 물고기가 작은 물고기를 먹으려고 위로 올라오게 될 거다. 이 방법이 먹힐 때도 있고 먹히지 않을 때도 있지만, 해 보지 않고는 알 수 없는 일이다.

나는 썰고 자르는 일을 계속해 나간다. 안개? 무슨 안개? 아, 저 안개. 저 안개가 신경 쓰이냐고? 천만의 말씀이다. 저 안개를 사랑할 수도 있다. 영원히 머무르라지. 들었지, 안개 씨? 거기 꼼짝 말고 지켜 서서 무슨 일이 벌어지는지 보시지.

나는 거의 한 시간 동안이나 청어를 잘라 내서 보트 옆으로 떨어뜨린다. 그때 처음으로 물을 살짝 첨벙이는 소리가 들려온다. 마치 조약돌로 물수제비를 뜨는 소리 같다. 내 상상일 수도 있다고 생각하는데, 또다시 살짝 첨벙하는 소리가 들려온다! 뒤미처 연달아 들려온다. 마치 물웅덩이 속으로 빗방울이 떨어지는 소리 같다.

이리 와, 물고기야! 이쪽이야. 이 맛좋은 밑밥을 실컷 먹고 살 좀 쪄야지. 다들 힘껏 내 배로 한번 와 보라고.

잠시 후, 보인다. 수면 바로 아래다. 고등어처럼 생긴 것들이 성마르게 파닥파닥 지그재그로 움직이면서 내가 던져 준 밑밥을 찾아 먹고 있다. 사람들이 팅커 사이즈(tinker size, 팅커는 '새끼 고등어': 옮긴이)라고 부르는 작은 고등어다. 길이가 10센티미터 정도 되는 것 같다. 연이어 다른 놈이 보이고 또 다른 놈이 나타나더니 마침내 한 떼의 팅커가 밑밥으로 쏜살같이 달려들어서 야금야금 정신없이 갉아 먹는다. 내가 잘라 내서 물속에 던져 넣은 청어 조각에 서로 덤벼들려고 싸움까지 벌인다.

너무 많이 웃었더니 얼굴이 다 아프다. 효과 만점이다! 팅커가 모여든다는 건 대어들이 먹이를 찾으러 나오는 레지에 내가 아주 가까이 와 있다는 얘기다. 여기 맛좋은 고등어가 있으니 커다란 다랑어야 와라! 어서 와서 한입 물어뜯어. 네 지느러미를 보여 주면 내 작살을 보여 줄 테다.

문제가 하나 생겼는데, 청어가 딱 한 양동이뿐이라는 거다. 양동이로 하나. 그게 전부인데 벌써 반이나 썼다. 그래서 청어를 좀 더 잘게 썰어서 물속에 드문드문 떨어뜨린다. 생선 기름으로 바닷물이 겨우 번들거릴 정도로만 유지한다. 팅커는 그래도 별 상관없는 것 같다. 처음에는. 기름기가 있는 곳으로 떼 지어 몰려다니기도 하고, 얼룩덜룩한 반점이 있는 작은 로켓처럼 돌진하기도 하면서 신나게들 놀고 있다. 청어 조각을 물고서 개가 뼈를 물고 그러는 것처럼 마구잡이로 흔들어 대기도 한다.

"이봐, 작은 물고기들. 큰 물고기가 올 때까진 여기 있어 줄 거지, 그럴 거지?"

내 나쁜 버릇대로 물고기에게 큰 소리로 떠들어 댄다. 내 목소리라도 듣고 있으면 외로움이 좀 가시기도 한다.

"이쪽으로 건너와, 고등어 씨, 한 조각 놓쳤잖아. 이런, 저 못된 녀석들이 못 갖게 해야지! 네 거니까 싸워! 다른 놈이 먹기 전에 어서 와서 먹어. 너보다 큰 놈이 널 잡아먹기 전에 어서어서 먹어 둬야지. 좋았어. 자, 여기 또 있다. 네가 잘 먹으면 먹을수록 무럭무럭 자랄 거야. 네가 크면 클수록 더 좋은 기회를 갖게 될 거라고."

한 녀석을 꼭 집어 그 녀석하고 이야기를 해 보려고 하지만, 물고기들이 떼를 지어 다니는 바람에 금세 녀석을 놓치고 만다. 어느 녀석이 어느 녀석인지 구별이 되지 않는다. 문득 또 궁금해진다. 녀석들이 자기들끼리는 서로 알아보는 걸까? 아니면 자기들을 죄다 하나로 생각할까? 물고기 세계에도 약자를 괴롭히고 이용해 먹는 불량 물고기가 있을까? 늘 당하기만 하고 손해나 보는 허약한 물고기도 있을까? 분명 있을 거다. 내가 아는 한 대부분의 생물들은 그렇게 산다. 새나 개나 고양이나 사람이나 다들 마찬가지다. 그 말은 타일러 크로프트 같은 녀석이 유별난 게 아니라는 뜻이기도 하다. 타일러 크로프트 같은 녀석의 성분 분자를 되짚어 올라가면 심술궂은 분자가 나온다. 타일러와 같은 분자를 지닌 사람이라면, 내가 물고기한테 얘기하는 걸 듣고 크게 비웃었을 거라는 뜻이다.

"야, 너! 잠깐만. 그래, 너. 옅은 반점투성이에 웃기게 생긴 너 말이야."

나는 잘게 썬 청어를 수면 위에 튀겨 놓고 잠시 지켜본다. 나를 보다가 밑밥을 보다가, 먹어야 할지 도망가야 할지 어찌할 바를 모르고 우왕좌왕 헤매는 겁 많은 물고기를.

"이건 점심이야."

물고기한테 계속 말을 건다.

"돈 걱정은 하지 마. 내가 내는 점심이니까."

물고기가 돌진해서 밑밥 알갱이를 게걸스럽게 빨아들인다. 그것도 잠깐이고 도로 물고기 떼 속으로 돌진한다. 이내 보트 뒤로 물러간다. 밑밥이 떨어져 가니까 보트에서 점점 멀어진다. 팅커가 이 근처에 머물 수 있을 정도로만 알갱이도 안 되는 걸 던져 주면서 이 상태를 질질 끌고 있다.

와 보라고, 참다랑어 씨. 이 밑밥 냄새 못 맡아? 미끼 물고기들이 먹이를 먹고 있는 걸 모르겠어? 배 안 고프냐고?

물고기들이 그렇게 한 시간 정도를 기름기 주위에 머물러 있다가 흩어져 간다! 갑자기 물고기들이 다 사라지고 만다. 마치 누군가가 스위치를 탁, 내린 것처럼.

커다란 다랑어를 잡을 희망도 그 물고기들과 함께 사라져 버리고 만다.

나는 안개 속에 앉아서 나 자신한테 바보 멍청이 머저리라고 욕을 퍼부어 댄다. 생각이 있는 거야 없는 거야? 어떻게 미끼를 고작 한 양동이만 가져올 생각을 했어? 정말 일이 그렇게 쉽게 될 거라고 생각한 거야? 도대체 생각이란 게 있었냐고?

대답: 먼저 나는 물고기를 어떻게 잡을까보다는 물고기를 잡으면 벌게 될 돈에만 혈안이 되어 있었다. 마치 내가 레지로 가기만 하면 일이 저절로 다 될 것처럼 열을 올렸다. 매일 100대의 배가 나갔다가 텅 빈 채 돌아온다는 사실을 하나도 모르는 것처럼 눈을 감아 버렸다. 1,000달러짜리 트롤링(trolling, 견지낚시로, 미끼를 배 뒤편에 매달고 잡을 물고기의 습성·서식지·크기 등에 따라 배의 속력이나 수심 등을 조정하며 하는 낚시: 옮긴이) 낚싯대와 금박을

입힌 릴, 전파 탐지기, 라디오, 값비싼 물고기 탐사기와 냉동 밑밥을 갤런으로 실은 대형 고급 보트. 그런 배들도 텅 빈 채 돌아오는 판에 미끼로 소금에 절인 청어 한 양동이가 고작인 합판 쪼가리 스키프한테 무엇을 기대할 수 있단 말인가?

아무것도. 이게 답이다. 아무것도 없는 게 내가 가진 거다.

희뿌연 안개로 만들어진 세상을 떠가며 생각은 없고 착각만 가득한 결과에 따른 내 처지를 한탄하고 있는데, 그때 갑자기 첨벙하는 소리가 들린다. 팅커 사이즈 물고기가 첨벙거리는 소리가 아니다.

첨벙이는 소리가 제법 크다.

20장
숨을 채 가다

맨 먼저 나는 작살을 꽉 움켜잡고 스키프 호 뒤쪽에 선다. 작살하고 내 몸하고 균형을 잡으려고 애쓰면서 마구 쿵쾅거리는 가슴을 억누르려니, 귓불이 뜨겁게 달아오른다. 이 모든 게 그 첨벙 소리 때문이다. 거대한 참다랑어가 첨벙첨벙 물에 부딪치는 소리. 그것 말고 달리 뭐가 있을 수 있단 말인가?

"와 봐, 물고기야."

나는 속삭이듯 말한다.

그런데 그게 전부다. 단 한 번의 첨벙이는 소리. 오랫동안 아무 소리도 들리지 않는다. 작살이 무겁게 느껴진다. 어깨 위에 작살을 올려놓고 한숨을 돌린다. 다시 골똘히 귀 기울이지만, 보트 주위로 넘실대는 물소리 말고는 아무 소리도 들리지 않는다.

어쩌면 저 안개 너머에서 크게 철벅거리는 소리가 났다고 상상했을지도 모른다. 그 소리가 너무 듣고 싶어서 내 머리가 마냥 따랐을지도 모른다. 아니면 안개가 내 귀에 대고 장난을 친 건지도 모른다. 이따금 안개는 먼 곳의 소리를 아주 가깝게 들리게도 한다. 사람이 말하는 소리를 듣고 그 사람이 바로 옆에 있다고 생각하지만, 실제로 그 사람은 만의 건너편, 항구 정반대편에 있기도 한다. 그러니 어쩌면 크게 첨벙거린 소리가 수 킬로미터 떨어진 곳에서 들려왔을지도 모르는 일이다.

어쩌면.

안개가 옅어지자 내 귀를 뜨겁게 달군 것이 내 두근거리는 심장이 아니라 태양이라는 걸 알아차린다. 햇빛이 안개 속으로 내리비치자 안개가 파란 하늘로 금세 사라져 버린다. 햇빛이 이렇게까지 반가웠던 적이 있을까? 햇빛이 희뿌연 안개에 와 부딪치자 안개가 옅어지면서 점점 흩어진다. 바람이 살짝 휘젓고 나니 안개 장막이 싹 걷히면서 꽤 멀리까지 보이는데 700미터나 800미터는 너끈하다.

햇빛을 받으니 바다가 살아나면서 아무것도 없는 것처럼 막막해 보이지도 않는다. 그러다가 문득 물 위에서 반짝거리는 것이 그냥 햇빛이 아니라는 걸 알아챈다. 내가 마지막으로 밑밥을 던져 둔 저곳에서 무슨 일인가가 일어나고 있다. 수면 바로 밑에서 잔물결이 일면서 뭔가가 막 튀어나오려고 한다.

내 머리가 째깍째깍 돌아가기 시작한다. 작살을 내려놓고 시동을 켜고 저쪽의 잔물결을 향해 나아가야 하나? 시끄러운 모터 소리가 나면 어떤 놈이든 간에 놀라 도망가지 않을까? 내가 결정짓기도 전에 팅커 한 무리가 물속에서 확 솟구쳐 오르더니 사방팔방으로 흩어져 나간다. 햇빛에 강렬한 은빛으로 부서져 나가고 있는 것이 언뜻 물고기 분수처럼 보인다.

지금 저 고등어들은 먹이를 먹으려는 게 아니다. 분명 먹히고 있는 거다. 고등어들이 물속으로 곤두박질치기도 전에, 커다란 다랑어 한 마리가 그 뒤로 떠올라서는 물고기 추적 미사일처럼 허공으로 발사되었으니까.

거대한 참다랑어다!

거대한 다랑어가 햇볕에 탈 정도로 오랫동안 허공에 떠 있다가 마침내 풍덩! 작은 물고기를 입에 한가득 물고 물속으로 되돌아간다.

'숨이 막힌다(take your breath away)'는 게 어떤 건지 전에는 내가 진짜로 그 뜻을 알았던 게 아니다. 이젠 안다. 저 커다란 물고기가 '내 숨을 채 가서 다시 돌려주지 않는 거'다. 휴우! 이걸 위해 어둠과 안개를 뚫고 50킬로미터를 온 것이다. 비행하는 거대한 다랑어. 아빠가 말하곤 했던 비행하는 다랑어에 관한 이야기를 죄다 들어 알고 있다. 200킬로그램이나 되는 다랑어가 허

공으로 3미터나 뛰어오르는데, 그게 대포에서 발사된 것 같다고
했었다. 보트도 거뜬히 뛰어넘을 수 있는 커다란 물고기. 하늘을
날아가는 것 같은 거대한 물고기. 그런 물고기도 일단 먹이에 정
신이 팔리면 작살 든 사람을 알아차리지 못한다.

전부 사실이다.

그때, 아주 가까이에, 흐릿한 줄무늬가 물속에 나타난다. 수면
아래로 비스듬히 내리비치는 햇빛에 3미터 아니면 5미터 되는
큰 물고기가 잡힌다. 어뢰처럼 쏜살같이 달려가는데 어찌나 빠
른지 내 눈으로 따라잡을 수도 없다. 다랑어 꼬리지느러미 부위
의 반달 곡선이 언뜻번뜻 보일 뿐이다. 심장박동이 0에서 50으
로 급상승된다. 저토록 빨리 움직이는 놈한테 어떻게 작살을 찌
르지? 당혹을 금치 못하겠다.

참다랑어가 내 마음을 읽은 게 틀림없다. 놈이 물속에서 나와
보트로 더 바짝 다가오고 있으니 말이다. 햇빛을 받아 푸른빛에
은빛으로 반짝거리면서 물방울을 뚝뚝 떨어뜨리고 있다. 하지만
이내 물속으로 돌아가 깊숙이 사라져 버린다. 나로서는 작살을
던지기는커녕 작살을 들어 올릴 엄두조차 내보지 못한 상태다.

미리 준비를 하고 있어야겠지만, 다음 놈이 어디서 튀어나올
지 어떻게 알지? 저기! 또 다른 거대한 참다랑어가 쾌속정처럼
획획 물살을 가르더니 내처 새끼 고등어를 우적우적 먹어 댄다.
꽤 가까워 보여서 나는 작살을 던지며 명중하기를 빈다.

한심하기 짝이 없는 던지기다. 빗나간 작살이 물속에 푹 소리를 낸다. 빗나가도 한참 빗나간 거리다. 그 와중에 넘어지기까지 해서 보트 끄트머리에 팔꿈치를 찧는다. 팔꿈치가 욱신거리는 게 좀 가시자 줄을 잡아당기고 작살을 끌어당겨 원래 자리에 둔다. 다랑어가 실컷 비웃고 있을 게 분명하다. 이제 알겠지? 멍청한 꼬마가 작살을 던져 봤자 말짱 도루묵이라고!

아빠가 이 놀라운 생물을 단 하루 만에 여덟 마리나 작살로 잡았다는 사실이 믿어지지 않는다. 하루에 여덟 마리! 항구 바닥에서 아직도 그 얘기를 떠들어 댈 만도 하다. 빅 스키프가 다랑어를 여덟 마리나 잡아서 픽업트럭을 사고 마누라한텐 금목걸이를, 아들놈한텐 자전거를 사 줬다는 그때 얘기를.

줄을 다 감고 나자 다시 일어서서 작살을 어깨 높이로 치켜든다. 물고기가 어디서 튀어 오를지 몰라 물속에 이는 파문을 찾아본다. 이번에는 제대로 찌를 수 있을 만큼 물고기가 가까이 다가오기를 바라면서. 다시 한 번 작살을 던진다. 이번 게 좀 낫지만 놓치기는 마찬가지다. 말하기 애매하지만, 어쩌면 그림자를 향해 던졌는지도 모른다. 새끼 고등어들이 폭우처럼 사방으로 거세게 퍼져 나가지만, 참다랑어는 더 깊이 들어가 있다가 새끼 고등어를 휘몰아 댄다. 함께 움직이는 대여섯 마리의 커다란 다랑어들이 크게 원을 지어 작은 물고기들을 가두어 놓고, 안으로 썩썩 죄어들어 가면서 물고기를 물 밑에서부터 먹어 치우고 있다.

내 안의 뭔가가 작살을 내려놓고 그저 지켜보라고만 한다. 내 안의 또 다른 뭔가는 커다란 참다랑어를 몹시도 바라서 입안에 피 맛이 돌 정도다. 다랑어가 바로 아래 있을 때 주로 내리쳤다고 아빠가 말해 줘서 나도 안다. 거의 똑바로 아래. 하지만 협조해 주는 놈들이 없다. 내가 작살을 얼마나 멀리까지 던질 수 있는지 잘 안다는 듯이 다랑어들이 딱 그만큼 떨어진 곳에 있다. 거기서 앞으로 몇 달간은 먹지 않을 것처럼, 두 번 다시 못 먹을까 두려워하는 것처럼 저 가엾은 팅커들을 난도질하고 있다.

노를 저어 스키프 호를 돌리고 뱃머리에 선다. 그러고 나니까 작살을 던지기도 쉽고 밧줄이 뒤엉키지도 않는다. 나는 작살을 높이 치켜든 채, 보트 아래로 검고 기다란 형체가 나타나는지 살펴본다. 엄청난 물고기가 뛰어오르더니 그대로 첨벙 물속으로 다이빙하는 걸 지켜만 본다. 무엇보다 내 손이 닿을락 말락 한 거리라 미치고 팔짝 뛰겠다. 일단 검은 형체가 보인다. 하지만 미처 작살을 던질 생각을 하기도 전에 사라져 버리고 만다.

되는대로 작살을 던지다 보니 아무것도 보이지 않을 때도 던지고 있다. 행운이 내 작살 끝에 물고기를 끼워 넣어 주기를 바라는 거다. 작살잡이는 실력이 좋아야 하지만 최고의 친구는 행운이다, 아빠가 들려주곤 했던 말이다. 행운이 내 편에 서지 않으면 한 마리도 찌를 수 없을 거다.

더 이상 던질 수 없을 때까지 나는 작살을 던지고 또 던진다.

마침내 팔이 뻣뻣해지고 통증이 오면서 작살을 어깨 위로 들어 올릴 기운조차 없게 된다.

참다랑어는 내가 얼마나 지쳤는지도 다 아는 것 같다. 놈들이 마지막으로 한 번 더 먹이를 해치우려는 듯이 한바탕 물속을 크게 출렁여 새끼 고등어를 사방팔방으로 퍼뜨려 놓고는 불현듯 사라져 버렸기 때문이다. 놈들이 어찌나 빠른지 놀라 자빠질 지경이다. 단 1초 만에 놈들이 어디론가 다 가 버리고, 다음 순간 바다가 너무 고요해져서 다랑어가 애초 거기에 있었던 것 같지도 않다. 그 모든 게 다 꿈을 꾼 것 같다.

꿈이라기보다는 악몽이다. 그렇게 큰 물고기를 보고도 한 마리도 찌를 수 없었다니. 긴장감이 한꺼번에 스르르 빠져나간다. 마치 엘리베이터를 타고 아래로, 아래로 하강하는 것 같다. 이제 어떡하면 좋지? 아무 생각도 나지 않는다. 마치 안개가 내 머리로 몰래 침입해서 내 머릿속을 온통 안개 낀 상태로 뿌옇게 만들어 놓은 것 같다.

좋아, 먼저 할 일은 쓰러지기 전에 앉는 거야. 자, 앉는다, 다음은? 목마르지, 맞지? 그러니까 마셔. 물병을 들어 올려서 입에 바짝 대고 마셔. 잘했어. 그렇게 어렵지 않았지, 그치? 좋아, 다음은? 너 뭐 좀 먹었어? 아니지? 네가 가져온 저 땅콩버터하고 젤리 샌드위치는 어때? 좋은 생각이네. 손이 너무 떨려서 샌드위치 봉투 하나도 제대로 펼 수가 없다. 배가 너무 고파서 손이 떨리는 것도 있다. 내 머리가 '음식'이라는 말을 할 때까지만 해도 몰랐는데, 그 말을 듣는 순간 갑자기 배가 고파 죽을 것 같다.

샌드위치 두 개를 게걸스럽게 먹어 치우고 나자 손 떨림이 멎는다. 세 개째 샌드위치를 먹을까 말까 하다가 나중을 위해 남겨두는 게 낫겠다고 결론 내린다. 여기서 얼마간 있어야 할지도 모른다. 큰 물고기가 언제 다시 올지 모르는 일이다. 아니 돌아올지 안 올지도 모르는 일이다. 머릿속의 뿌연 안개가 좀 걷히는지, 물고기가 사정거리를 벗어나 있을 때도 계속해서 작살을 던진 건 정말 아둔한 짓이었다는 생각이 든다. 놓치지 않을 게 확실할 때까지 기다리는 게 더 현명하다. 몇 시간을 기다려야 할지라도 말이다. 무조건 던지고 보는 건 팔만 아프게 하고 물고기를 겁먹게 할 뿐이다. 순간을 노려야 한다. 아빠가 했던 말이다. 지금까지 나는 그 말이 무슨 뜻인지 알아도 알았던 게 아니다.

배가 든든하니 졸음이 쏟아진다. 기회가 있을 때 토막잠을 자두기로 한다. 잠깐이라도 눈을 붙이는 편이 낫다. 물고기가 돌아오게 되면, 그 소리가 자명종보다도 더 확실히 내 잠을 깨울 거다. 나는 스키프 호에 누워 모자를 앞으로 당겨 눈을 가리고 구명조끼를 베개로 삼는다.

나는 우리 집 독에 돌아와 있다. 안개가 너무 짙어서 집이 잘 보이지 않는다. 엄마 아빠가 서로 이야기를 나누는 소리는 들리는데 모습은 보이지 않는다. 부모님이 나를 찾고 있지만, 웬일인지 내 목소리가 나오지 않는다. 잠들어 있다고 해서 소리를 낼 수 없다니 이해가 되지 않는다. 어쨌든 꿈속에서 내가 잠들어 있다는 걸 아는데도 그게 아무 도움이 되지 않는다. 목소리를 낼 수도 없고, 잠을 깰 수도 없고, 엄마도 아빠도 집도 볼 수가 없다. 무엇보다 지독한 건 엄마를 소리쳐 부르고 싶은데 그럴 수 없다는 거다. 마치 내가 안개나 뭐 그런 걸로 된 부드러운 줄에 얽매여 있는데다가 안개가 내 입안에 꽉 차 있어서 말이 나오는 즉시 빨아들이는 것 같다.

엄마, 말하고 싶어요, 아빠, 나 여기 있어요. 계속 찾아보면 내가 보일 거야. 하지만 엄마 아빠의 목소리는 점점 더 멀어져만 간다. 안개 속에 나만 혼자 덩그렁 남아서 움직일 수도 없고 말을 할 수도 없다. 나를 찾는 엄마 목소리가 홀연 경적으로 바뀌면서 비로소 내가 잠에서 깨어난다.

바―앙. 바―앙. 바―앙.

무적(foghorn, 안개가 끼었을 때 선박이 충돌하는 것을 막기 위해 등대나 배에서 울리는 고동: 옮긴이) 소리. 뭔가가 내 쪽으로 다가오고 있다.

21장
쉬익 쉭 하는 소리가 다가오다

무적 소리를 들으면 답 신호를
보내야 한다. 그런 방법으로 다른 배들이 상대방의 위치와 상대
방이 가고자 하는 방향을 안다. 문제는, 내가 경적을 가져올 생
각을 못했다는 거다. 안개가 끼었을 거라는 생각조차 못했으니
더 볼 것도 없다. 진짜 멍청이가 따로 없다. 어쩌면 방금 꾼 그
꿈은, 내가 신호를 보내지 못할 거라는 사실을 알려 준 건지도
모른다. 그렇더라도 이젠 아무 상관 없다. 듣는 것 말고는 할 수
있는 게 아무것도 없으니까.

바―앙.

구식의 큰 무적 소리가 좀 더 가까워진 듯하다. 배 엔진이 둔
탁하게 돌아가는 소리도 들린다. 뒤미처 배가 멀어지면서 엔진

소리도 점점 더 희미해지고 무적 소리도 잦아든다. 이윽고 물결이 내게로 다가와서 나를 요람속의 아기처럼 살랑살랑 흔들어 준다. 안개 속에 다시 나 혼자 남는다.

"얼마나 잤는지 알기나 해?"

나 자신에게 큰 소리로 물어본다. 제대로 대답할 길이 없다. 잊고 온 게 또 하나 있는데 바로 손목시계니 말이다. 해를 보고 몇 시나 됐는지 짐작해 보려고 했지만, 안개가 다시 짙게 내려앉아서 해가 어디쯤 있는지도 잘 모르겠다. 오랫동안 잠을 잔 것 같은 느낌으로 봐선 이제 오후쯤 되었을 거다.

"스키프 비어면, 넌 빌어먹을 멍청이야."

맞다. 그렇게 떠들고 나니 기분이 좀 좋아진다. 진실을 소리 높여 밝히자. 빌어먹을 멍청이만이 내가 했던 짓을 할 거다. 오로지 커다란 물고기를 잡겠다는 일념 말고는 머릿속에 아무 생각도 없이 합판 쪼가리로 만든 3미터짜리 쪽배를 타고 이렇게 먼 바다로 나왔다. 안개가 있으면 어떤 일이 일어날지, 물고기를 찾지 못하면 어떻게 할지, 아니 물고기를 찾아낸다 하더라도 찌를 수 없으면 어떻게 할지 머릿속으로 한번 생각해 볼 여유도 없었다. 결국 물고기를 제대로 찾아내긴 했지만, 내가 작살을 가지고 한 놈이라도 찌를 수 있을 만큼 충분히 크지도 않고 힘도 세지 않아서 아무 소용 없게 되었다. 그래서 육지로부터 50킬로미터나 떨어진 바다에서 눈앞이 보이지 않는 안개에 갇힌 채 고작 땅콩버터와 젤리를 넣은 샌드위치 몇 조각하고 물 한 병만 지닌 신세가 된 거다. 참, 다 포기해 버리고 집으로 돌아갈 경우를 대비해서 나침반은 하나 가지고 있다. 하지만 난 그럴 마음이 없다. 아직은 아니다.

뭐 하러 굳이 집으로 돌아갈까? 집에는 텔레비전이나 보는 아빠에 엔진도 없는 배에 내 덫을 자르며 재미있어하는 부잣집 자식밖에 없는데. 우리 집에는 이제 더 이상 엄마도 살고 있지 않다. 웬일인지 엄마가 우리 집 작은 방마다 여전히 존재하고 있기는 하지만. 나와 아빠는 엄마를 무척이나 그리워하고 있다. 우리 마음이 아무리 아프다고 해도 엄마 생각을 그만두고 싶지는 않다. 그건 엄마를 잊어버리는 것과 마찬가지니까. 우리 집에는 곧 무너질 것 같은 독에 반달무늬가 조각된 문이 달린 옥외 변소에 엄마가 '화장실 백합'이라고 부른 밝은 주황색 꽃도 있다. 집은 좋든 나쁘든 모든 일이 일어나는 곳이다. 최근엔 주로 나쁜 일만 일어났지만 말이다.

그렇게 좁은 스키프 바닥에 누워서 끈적끈적한 샌드위치를 질경질경 씹으며 나 자신이 참 안됐다는 생각을 하고 있는데, 바로 그때 쉭 하는 소리가 지나간다.

쉬익 쉭.

다시 또 들려온다. 뭔가가 물살을 가르며 나아가는 소리다. 그리 멀지도 않다. 바로 합판 선체 반대편, 내 머리 쪽에서 몇 발자

국밖에 떨어지지 않은 곳이다.

쉬익 쉭.

조심해. 나 자신에게 이른다. 자, 천천히 일어나 앉는 거야. 배를 흔들지도 말고. 이런 소리를 내는 게 뭐든 쓸데없이 겁을 줘서 쫓아 버리지 말자고.

나는 아주 천천히 자리에서 일어나 앉는다. 보트 뒷부분 너머 위쪽으로 지느러미의 뾰족한 끝이 보인다. 약간 휜 칼날 같은 지느러미다. 5월 더없이 맑은 날의 하늘만큼이나 새파란 지느러미다. 거대한 물고기가 내 보트를 빙빙 돌면서 저 커다랗고 새파란 지느러미로 쉬익 쉭 소리를 내고 있다.

작살은 뱃머리 너머로 끝을 내민 채 보트와 나란히 놓여 있다. 내가 뭘 하고 싶은지 잘 알지만, 내가 과연 해낼 수 있을까? 해 봐야 안다. 지금 아니면 영영 기회는 없다. 어떤 실수도 용납되지 않는다.

나는 그대로 가만히 앉은 상태에서 오른 손으로 작살을 잡고 배 뒤쪽을 마주 보고 있다. 작살을 손에 꽉 쥔 채로 아주 조용히 일어나서 몸을 돌리고 배 앞쪽을 마주 본다. 지금은 조용하다. 쥐죽은 듯 조용하다. 나는 아무 소리도 내지 않고 자리에서 일어나 어두운 물 쪽을 살펴본다. 거대한 참다랑어의 축축한 눈동자. 내 손에 닿을 만큼 가까이에, 아주 펄펄하게 살아 있어서, 놈의 심장박동 소리마저도 들을 수 있을 것 같다.

나는 지금 머리털 나고 생전 처음 보는 엄청난 물고기를 내려다보고 있다. 나보다 더 큰 놈이다. 내 보트보다도 큰 놈이다. 이제까지 부두에 가져다 놓은 그 어떤 다랑어보다도 더 커다란 놈이다.

어찌어찌 작살은 들어 올렸지만 감히 움직일 엄두가 나지 않는다. 아직은 때가 아니다. 아직은 제대로 공격할 준비가 되어 있지 않다.

저 엄청난 놈이 내 보트를 보고 있는 게 분명하다. 이 보트가 먹기 좋은 고등어를 모아들이는 미끼가 나오는 곳인지 알고 싶기라도 한 것처럼. 내가 잘라서 던져 놓은 미끼 냄새를 녀석이 아직도 주워 맡고 있는 걸까? 야, 그런 거야? 뭘 어쩌자는 속셈인데? 왜 내 보트를 빙빙 도는 거냐고? 아니, 왜 나를 자꾸 빙빙 도는 건데? 기다란 작대기를 들고 있는 꼬마한테 호기심이라도 생긴 거야?

부두에 죽어 있는 놈 말고 대서양에 펄펄 살아 있는 참다랑어가 얼마나 큰지 나는 전혀 알지 못했다. 녀석이 헤엄쳐 나갈 때면 그야말로 엄청난 힘이 느껴진다. 그 거대한 꼬리로 물살을 쉽사리 밀어제치고 쉭쉭 나아가면서 내 보트를 출렁출렁 뒤흔들어 놓는다. 부둣가의 그 선장은 다랑어 꼬리가 눈으로 따라잡을 수도 없게 빨리 움직인다고 그랬는데, 이 녀석은 서서히 움직이면서 유유히 미끄러져 나가고 있다. 마치 한껏 우쭐대며 뽐내는 듯이.

나를 좀 봐, 이 작고 연약한 인간아. 내 이 거대한 모습을 잘 봐 두라고. 나만큼 어마어마한 건 본 적이 없을 테니까.

저 커다란 참다랑어가 어찌나 놀랍고도 아름다운지, 내가 뭘 해야 하는지도 거의 잊어버릴 정도다. 거의 그렇다는 거지 완전히 그렇다는 말은 아니다. 아빠는 그걸 '꽁꽁 얼어붙는다' 고 표현했다. 어떤 사람이 다랑어잡이 보트의 작살 디딤대에 올라선다. 작살을 던질 기회를 잡기 위해 몇 시간이고 기다린다. 마침내 기회가 왔는데도 그 사람은 작살을 던지지 못한다. 마치 물고기가 작살을 던지지 못하게 최면을 걸기라도 한 것처럼 말이다.

그게 꽁꽁 얼어붙은 거다. 그때 문득 떠오른 생각이, 엄마가 돌아가셨을 때 아빠한테 일어났던 일이 바로 그거라는 거다. 아빠는 이제 더는 다랑어잡이 보트에서는 얼어붙지 않으면서, 텔레비전 소파에나 얼어붙어 있다. 더할 수 없이 비참한 상태로 소파에서 옴짝달싹 못하고 있는 우리 아빠.

아빠하고 소파는 신경 쓰지 마, 스키피. 물고기에 집중해!

엄마 말이 맞다. 아빠를 걱정할 시간은 나중에라도 얼마든지 있다. 나는 작살 자루를 양손으로 단단히 감싸 쥐고 물고기의 가장 넓은 면을 향해 똑바로 내리꽂는다. 내 온 힘을 다해 똑바로. 더없이 빠르고도 세차게 똑바로. 내 몸이 보트 밖으로 반쯤 딸려 나가고 내 얼굴이 수면에 닿을락 말락 한 상태로 아래를 내려다보지만 아무것도 보이지 않는다.

물고기가 사라져 버렸다. 눈 깜짝할 사이에 가 버렸다.

기회가 왔다가 사라진 것이다. 또 그렇게.

나는 꿍 소리를 내며 몸을 돌려 세우고 나서 부딪힌 무릎을 문지른다. 그러고 나서 작살을 잡아 보트 위로 끌어 올린다. 바로 그때 작살 촉이 없어졌다는 걸 알아차린다. 내가 넘어졌을 때 빠져 버린 게 틀림없다. 대단하군! 촉 없는 작살은 기다란 막대기에 불과하다. 문득 작살 촉이 케그 줄에 매달려 있다는 게 생각난다. 그렇다면 줄을 들이끌어서 작살 촉을 다시 작살에 꽂으면 된다.

누가 알아? 몇 백 년간 물에 둥둥 떠다니다 보면 도망가 버린 놈만큼이나 커다란 물고기를 또 찾아낼 수 있을지? 어쨌거나 밧줄에 손을 얹고 힘껏 잡아당기는데, 그때 희한한 일이 벌어진다. 밧줄이 내 손에서 스르르 미끄러져 나가는 게 아닌가!

밧줄이 통에서 풀려 나와, 보트 옆구리를 지나, 물속으로 곧장 줄달음치고 있다.

잠깐 동안은 이게 대체 무슨 일인지 내 머리론 도저히 이해가 되지 않는다. 밧줄이 보트 밖으로 나가고 있다니. 그러다가 불현듯이 제자리에서 벌떡 일어나서 목청껏 소리친다.

"잡았다! 잡았다!"

가슴이 터지도록 외친다.

내 목소리를 듣는 사람이 아무도 없으니 나 자신에게 외치고 있는 거나 마찬가지다. 무슨 일이 일어난 건지 스스로에게 믿기도록 소리소리 지르는 거다. 내가 이 엄청난 놈을 잡았다! 놈이 등에 작살 촉을 맞고 물속으로 깊숙이 들어가면서 줄을 통 밖으로 끌어내고 있는 거다. 너무 흥분하다가 다시 나동그라져서 다른 쪽 정강이를 다치지만 아픈 줄도 모르겠다. 내가 잡은 물고기가 저렇게 줄을 끌고 가고 있으니 말이다.

아빠는 다랑어가 작살을 맞고 나서 처음 잠수해 들어간 얘기도 들려줬다. 사람들은 그걸 '사운딩(sounding)'이라고 부른다. 대개 물고기는 곧장 바다 밑바닥으로 가서 잠시 그대로 죽은 듯이 있다. 그러다가 나중에야 무슨 일이 벌어졌는지를 깨닫는다. 때때로 물고기는 곧장 수면 위를 달리기도 한다. 펄떡펄떡 뛰어오르고 몸을 흔들어 대면서 작살 촉을 빼내려 발버둥치기도 한다. 물고기가 자포자기하고 그 즉시 숨을 거둘 때도 있다. 그런 경우는 작살 촉이 아주 깊이 박혀 버린 때다.

내가 잡은 놈은 포기하지 않았다. 아직은 아니다. 놈이 정반대편 쪽으로 달려 나아가기라도 하는 것처럼 줄이 통에서 휙휙 빠져나가고 있다. 통이 반나마 비었는데도 줄은 여전히 빠르게 움직이고 있다. 나는 줄을 주시하면서 언제가 케그를 옆으로 던지기에 가장 좋은 때인지를 가늠해 본다. 케그에 이어진 매듭이 튼튼한지 확인해 보고 싶지만, 엄두가 나지 않는다. 그럴 만한 시간이 없다. 내가 매듭을 어떻게 묶었든지 간에, 지탱하든 못하든

둘 중 하나다.

통에 줄이 30미터쯤 남았을 때 나는 케그를 들어 올리려고 한다. 그런데 그때 통 안에서 밧줄 고리가 걸린다. 나는 생각할 틈도 없이 엉킨 부분을 풀려고 손을 내뻗는다.

엄청난 실수다.

엉킨 줄이 그대로 내 손목을 휙 감아 버린다. 눈 깜짝할 사이에 벌어진 일이다. 줄을 풀 틈이 없다. 심호흡할 틈조차 없다. 다음에 벌어질 일에 대처할 틈도 없다. 엉킨 줄이 내 손목을 감아 쥔 순간, 밧줄이 나를 옆으로 휙 낚아챘기 때문이다. 그다음에 내가 보트 밖으로 붕 날아가서 물속으로 떨어졌다는 건 안다.

차가운 물속 저 아래로. 나를 낚아챈 물고기한테 끌려 내려간다. 나를 죽이려는 저 물고기한테로.

22장
물 위에 둥둥 떠서

너무 순식간에 벌어진 일이라 숨을 깊이 들이마실 틈도 없었다. 보트에 있다가 어느 한순간에 물속에 있다. 물이 너무 차가워서 뼛속까지 얼얼하지만, 거기에 신경 쓸 여지가 없다. 내 온 신경은 한시바삐 손목에서 줄을 떼내고 숨을 쉴 수 있는 곳으로 차고 올라가는 데로만 죄 쏠려 있다. 지금 중요한 건 공기다.

차가운 물 때문에 눈이 몹시 따끔거린다. 그래도 무엇을 해야 되는지는 알아본다. 내 손목을 얽어맨 줄의 고리가 보인다. 살속까지 파고들었을 텐데 아무런 느낌이 없다. 폐가 터질 것 같은 공포와 추위, 목구멍을 찌르는 통증만 감지될 뿐이다. 물고기도 그렇게 좋고 안전한 바다에서 숨도 쉴 수 없는 허공으로 홱 낚아

채질 때, 분명 이런 느낌일 거다.

줄을 풀어. 내 머릿속엔 '줄을 푼다'는 생각밖에 없다.

손목이 긁히는데도, 억지로 줄의 고리 밑으로 빼내려고 하지만, 너무 꽉 조여 있다.

생각해. 어떻게 하면 줄을 풀 수 있는지 생각하라고.

다른 한 손으로 줄을 따라가서 그걸 잡아당겨 본다. 어쩌면 손을 빼낼 수 있을 만큼 줄이 느슨해질지도 모른다. 하지만 줄이 손가락 사이로 빠져나가서 꽉 붙잡을 수도 없다.

손에 힘이 빠진다. 점점 힘이 빠져나간다.

시간이 없어. 시간이 없다고!

발차기를 한다. 나를 붙잡아 두고 있는 밧줄을 뿌리치고 물 위로 올라가려고 발버둥을 친다.

공기! 공기가 있어야 해!

수면이 내 머리 위에서 어른거린다. 액체로 만들어진 은거울 같다. 아름답다. 내 입에서 나온 거품이 위로 올라가 어른거리는 은거울 속으로 녹아들어 간다. 저렇게 멋진 건 본 적이 없다.

숨을 쉬어야 해!

누가 이렇게 시끄럽게 구는 거야? 물속에서 소리를 지른다고? 정말 바보 같은 짓 하고 있네. 물속에선 소리칠 수도 없어, 이 멍청아.

긴장 풀어. 발버둥질도 그만 멈춰. 이제 입을 열고 숨을 들이마시는 거야. 너도 그러고 싶잖아. 뭐라도 빨아들여야 하잖아, 맞잖아? 어쩌면 네 폐가 물고기처럼 물에서 공기를 빨아들일지도 몰라. 네가 반은 물고기라고 엄마도 항상 말했잖아, 그렇잖아? 그러니까 지금 당장 물속에서 숨을 쉬어서 그걸 증명해 보여.

나는 입을 벌리고 뭐라도 빨아들이려고 한다. 하지만 들어오는 게 아무것도 없다. 목구멍이 딱 붙어 버려 떼어지지도 않는다. 얼음 고리 같은 게 내 목을 죄고 있는 것 같다.

스키프 비어먼, 네 멋대로 물을 마시면 안 돼!

어쩔 수가 없어, 엄마. 뭐든 마셔야 해. 그래야 해. 그래야 해.

포기하면 안 돼! 내 말 들어! 규칙 3번! 절대 포기하지 않는다! 수면이 바로 네 머리 위에 있어. 발을 차! 발을 차라고! 어서!

너무 멀어. 할 수가 없어. 너무 지쳤어.

어서, 스키피, 어서!

나는 발을 차고 또 찬다. 다리에 힘이 하나도 남아 있지 않을 때까지. 물고기를 잡다가 물에 빠져 죽어 가다니, 너무 웃겨서 깔깔 웃음이 나려고 한다. 세상에서 제일 웃기는 일이다. 하지만 목이 꽉 막혀 있고 얼음물이 폐 속에 들어차 있어서 웃으니까 너무 많이 아프다. 그래도 웃는다. 정말이지 너무너무 웃긴다.

규칙 3번. 절대 포기하지 않는다. 포기라는 건 없다!

어른어른 어둠이 내려온다. 나는 따뜻한 어둠 속에 있다.

잠을 잘 시간이다.

기침을 하다가 너무 아파서 잠에서 깨어난다. 물에 빠진 게 이런 건가? 입안에 물이 가득 차서 절로 캑캑거리게 된다. 그런데 여기도 공기가 있다. 진짜 공기다. 내가 바닷물 위에 떠서 아래위로 일렁일렁 흔들리고 있다. 내 머릿속의 목소리가 나를 정신 차리게 해 주었다. 하지만 뭐라고 말했는지는 기억나지 않는다. 내가 어떻게 여기 있는 건지도 모르겠다.

숨이 막혀서 기침을 토하는 게 물에 빠져 있는 것보다 더 아프다. 게다가 눈에 소금물이 잔뜩 들어가서 앞이 보이지도 않는다.

쿵!

내 뒤통수에 속이 빈 뭔가가 쿵 하고 부딪힌다. 몸을 돌리고 팔을 휘저어 보니, 케그가 내 옆에서 까딱까딱 흔들리고 있다. 케그를 덥석 움켜잡는다. 케그 위로 몸을 들어 올려서 어깨 위로는 물이 닿지 않게 한다. 남은 힘을 다해 케그를 끌어안고 호흡을 고른다.

무슨 일이 있었던 거지? 머릿속에 잘 떠오르지 않는다. 그래. 내 손이 줄에 뒤얽혔지. 그건 기억난다. 곧바로 물속으로 끌려들어 갔고, 줄을 풀려고 했지만 할 수 없었다. 물속의 공기를 빨아들일 생각을 했지만 그것도 할 수가 없었다.

그런데 어떻게 내가 살아 있는 거지?

마침내 눈이 좀 개운해지자 왜 그런지 알게 된다. 저기, 희뿌연 안개 벽 안쪽에 원을 그리며 돌고 있는 물체가 보인다. 거대한 참다랑어가 뒤집힌 채로 나와 케그 주위에 큰 원을 그리며 둥둥 떠다니고 있다.

놈이 나를 죽일 뻔했다가 살렸다는 걸 저도 알까?

당장 물고기에게 소리치고 싶지만, 내 보트가 어디 있는지도 묻고 싶지만, 그러기엔 목이 너무 많이 아프다.

스키프가 그리 멀리 가진 않았을 거라는 생각이 든다. 안개 벽 안쪽 어딘가에 있을 거다. 늦어 버리기 전에 보트를 찾아야 한다. 그렇지 않으면 차가운 물이 나를 죽일 거다. 몸이 벌써 많이 무감각해져서 목 아래로는 거의 아무 느낌이 없는 상태다.

차가운 물이 내 몸의 남은 온기를 빨아먹고 있다. 사람들이 그러는데 피가 너무 차가워지면 죽는다고 한다.

마을 부둣가를 돌아다니다 보면 내내 주워듣는 게 그런 소리다. 사람이 배 밖으로 떨어져서 차가운 물속에 빠지면 얼마나 있다가 죽게 되는지 하는 얘기 말이다. 사람들 말에 따르면, 겨울에는 물이 얼음장 같아져서 10분이나 15분만 지나도 심장이 멎어 버린다고 한다. 여름 바다에서는 좀 더 오래 버틸 수 있다. 시간으로는 한 시간이나 두 시간 정도일 거다.

내 안의 무언가가 케그를 밀어 버리고 팔도 쓰지 못할 만큼 기운이 빠지기 전에 어서 스키프를 찾아 헤엄치라고 한다. 하지만 케그를 타고 있으면 이렇게 물 위에 떠 있을 수도 있고 기운을 차릴 수도 있다. 더욱이 이 케그를 버리고 나면 다시 찾을 수 없을지도 모른다. 그러면 나는 어디에 있으라고?

만약 내가 구명조끼를 입고 있었다면 상황이 달라졌을지도 모른다. 케그를 계속 붙잡고 있는 게 별로 중요하지 않았을 거다. 그런데 빌어먹을 멍청이답게 구명조끼를 좌석 밑에, 보트 밑바닥에 놔두고 말았다. 구명조끼는 입고 있지 않으면 아무짝에도 소용이 없다고, 아빠가 수천 번은 말해 줬을 거다. 그런데도 나는 말을 듣지 않았다.

지금 와서 그걸 걱정하기엔 너무 늦었다. 엎질러진 물이다. 머리를 물에 젖지 않게 하는 거나 걱정해. 케그를 붙잡고 있는 거나 걱정하라고. 스키프를 찾는 거나 걱정해. 멀리 갔을 리 없잖아, 안 그래? 조류와 기류 말고는 보트를 움직일 게 없는데, 바로 그 조류와 기류가 나하고 케그를 같은 방향으로 움직이게 하고 있잖아.

멀리 가지 않았을 거야. 주위를 잘 둘러보면 보일지도 몰라. 안개가 다시 걷힐지도 모른다고. 그 작은 보트가 보이면 젖 먹던 힘을 다해 헤엄쳐 나가는 거야. 그때까지 이 케그를 타고 끝까지 희망을 잃지 말아야 해.

추위에 떨고 있으려니 엄마가 돌아가신 날이 떠오른다. 엄마가 오랫동안 아주 많이 아팠기 때문에 우리는 앞으로 닥칠 일을 다 알고 있었다. 그래서라도 각오가 되어 있어야 했는데, 그렇게 말처럼 되지 않았다. 일어날 일을 안다고 해서 마음의 준비가 더 쉽게 되는 건 아니다. 쉽기는커녕, 사실은 마지막 순간까지 기적이 일어나길 바란다. 그리고 끝내 기적이 일어나지 않으면 마룻바닥이 사라지는 것같이 된다. 그 끝이 보이지 않는 바닥으로 떨어져 내리게 된다.

그 일이 닥쳤을 때, 나는 달아나는 것 말고는 아무것도 생각할 수 없었다. 처음에 나는 엄마 방 주변을 정신없이 달렸다. 그다음엔 빌어먹을 눈을 발로 툭툭 차면서 우리 집 주위를 달렸다. 그다음엔 길 건너 숲으로 마구 달려가서 나무를 타고 올라갔다. 우리 집에 앰뷸런스가 오고 가는 동안 나는 얼음장 같은 나뭇가지를 꽉 끌어안고 있었다.

그 나무 위에서 킬슨 선장님 부부가 차를 몰고 와서 집 안으로 들어가는 것을 지켜만 보았다. 아빠가 두 분과 함께 집 밖으로 나오고 나서 킬슨 선장님이 내 이름을 소리쳐 불렀다. 어서 집으로 돌아오라고, 돌아와서 아빠와 함께 있어 달라고 큰 소리로 부탁했다. 하지만 나는 차가운 나뭇가지를 부둥켜안고 그 몹쓸 꿈에서 깨어나기만을 바랐다.

그 모든 게 꿈이 아니라는 사실을 내가 모르고 있다면, 엄마를 결코 다시 볼 수 없으리라는 것도, 엄마의 목소리도 영원히, 영원히, 영원히 들을 수 없다는 사실도 내가 모르고 있다면, 엄마가 괜찮아질 거라고 생각했다. 그런데 바로 그때 엄마가 말했다.

스키피, 아빠한테로 가.

내 머릿속에 울리는 엄마 목소리가 너무나도 생생하고 또렷해서, 그게 바로 엄마가 바라는 거라는 걸 알았다. 나는 엄마 말대로 했다. 곧장 나무에서 내려와서 집으로 돌아가 아빠에게 걱정하지 말라고 했다. 엄마가 그렇게 말해 줬으니까 다 괜찮아질 거라고도 했다. 그때 아빠가 나를 얼마나 슬픈 얼굴로 바라보던지, 나도 모르게 숨이 턱 막혔다. 그 뒤로 아빠는 텔레비전 소파로 가서 누워 버렸다. 그리고 한동안은 아무 말도 하지 않았다.

내 생각에 아빠는 나만큼 엄마 목소리를 잘 듣지 못하는 것 같다. 아니 어쩌면 아빠가 들으려고 하지 않는 걸 수도 있다.

케그를 타고 우리 엄마 아빠와 우리 집과 메리 로즈 호를 생각하는데, 그때 스키프가 안개 속에서 나오는 게 보인다. 마치 내게 '안녕'이라고 말하는 것처럼 까딱까딱 움직이고 있다.

처음엔 내 눈에 헛것이 보이나 했다. 하지만 다시 봐도 저기 있는 게 틀림없다. 스키프도 나를 못내 그리워한 것처럼 보인다.

혹시나 스키프가 다시 사라질지도 몰라서, 나한테서 케그를 떼어 내려는 속임수일지도 몰라서 케그를 계속 붙잡고 있다. 하지만 스키프가 내게로 점점 더 가까이 다가오고 있다. 이제 손을 내밀면 스키프에 닿을 수 있을 정도다. 그제야 케그를 버려두고 미친 듯이 발차기를 해서 보트에 몸을 싣는다.

나는 스키프 바닥에 드러누워서 미친 사람처럼 큰 소리로 마구 웃어 댄다. 살아 있다는 건 이렇게 좋은 거다.

23장
낸터킷 썰매를 타고

추워서 몸이 떨리는 게 아니다. 여름 공기는 금방 몸을 덥혀 준다. 물속에서 내내 얼마나 무서웠던지 저절로 몸서리가 처지는 거다.

아랫마을 부두에서 사람들이 배에서 떨어진 어부가 귀신이 되었다든가 하는 으스스한 이야기를 떠들어 댈 때마다, 나는 그게 캠프파이어를 하면 으레 주고받게 되는 귀신 이야기 같은 거려니 했다. 그런 얘기들은 자기한테 닥치기 전엔 다 꾸며 낸 얘기로 여겨진다. 그런데 이젠 그런 얘기들이 그렇게 믿기지 않는 것만도 아니다. 배에서 떨어지는 게 아주 쉬운 일로 확인된 터니 말이다―바보라면 얼마든지 그럴 수 있다.

몸이 떨리는 게 어느 정도 가시자 나는 자리에서 일어나 앉아서 주위를 둘러본다. 안개. 아무래도 안개가 나를 그냥 내버려 두지 않을 것 같다.

나는 축축해진 구명조끼를 찾아내서 입는다. 만약을 위해서. 그러고 나니까 그 물고기가 생각난다. 내가 케그를 붙잡고 있었을 때만 해도 그 물고기는 빙빙 원을 그리며 돌고 있었다. 하지만 지금 바닷물은 회색 거울처럼 잔잔하다. 물 위에 떠다니는 커다란 참다랑어 같은 건 아예 보이지도 않는다. 확실하다. 그런데 케그는 여전히 스키프 옆에서 까딱까딱 흔들리고 있다. 저건 그 물고기가 어떻게 해서든지 간에 자유로워졌을 거라는 뜻이다. 작살 촉을 뽑아내거나 아니면 줄을 끊거나 해서. 그래야 공평할 것 같긴 하다. 그 물고기가 나를 그대로 물에 빠져 죽게 할 수도 있었는데 그러지 않았으니까.

나는 나 자신한테 괜찮다고 말한다. 너무 아쉬워하지 말라고 나 자신을 타이른다. 물에 빠져 죽기 일보 직전까지는 세상에서 그 무엇보다 물고기를 잡고 싶어 할 수도 있다. 죽었다가 살아나니 세상을 보는 눈이 확실히 달라진다. 그런데도 나는 아직도 작살을 찾아 주위를 두리번거린다. 언제 또 다른 큰 물고기가 지나가게 될지도 모르는 일이니까.

하지만 작살은 사라져 버리고 없다. 내가 물에 떨어졌을 때 사라져 버린 게 틀림없다.

이봐, 현실을 직시해. 거대한 다랑어는 이다음에 다시 잡으면 되잖아. 넌 흠뻑 젖은데다 벌벌 떨고 있어. 또 배도 고프잖아. 미끼가 떨어지면서 운도 같이 떨어진 거야. 짐 싸서 집으로 돌아갈 시간이라고.

나는 손을 옆으로 뻗어서 케그를 집어 든다. 스키프 안에 케그를 들여놓고 앞좌석 밑으로 밀쳐놓은 다음 줄을 잡아당기기 시작한다. 그 줄을 통 안에 꼭꼭 감아 놓는다. 줄이 내 손목을 휘감아 밑으로 끌고 가기 전까진 그다지 손해 본 게 없다는 생각을 하면서.

그러다가 어느 순간, 전기에라도 감전된 듯 후다닥 줄에서 손을 뗀다. 줄이 살아 있는 것처럼 느껴져서다.

물고기가 아직 매달려 있다! 보트 아래 있는 게 분명하다. 물고기가 악전고투 끝에 기운을 회복해서 나를 다시 끌고 내려가려는 수작이다. 이제야 기분이 훨씬 나아진다. 고마운 일이다. 줄이 통 밖으로 도로 나가고 있다니. 그것도 아주 빠르게 나가고 있다. 이번엔 손을 멀찍이 둬야 한다는 걸 명심해야 한다. 조급하게 굴지 말고 여유를 가져야 한다. 안 그래도 케그를 건드리고 싶은 생각조차 나지 않는다. 바로 저걸 던지려고 하다가 그 곤경에 빠졌잖아! 밧줄이 다 풀려나가면 케그가 좌석 밑에서 저절로 튀어나올 거다.

그런데 케그가 튀어나오지 않는다. 줄이 팽팽해진 상태에서도 케그는 앞좌석 밑에 그대로 있다. 그때 갑자기 스키프가 휙 움직이는 게 내 발밑에서 느껴진다. 나는 뒷좌석에 꽈당 주저앉는다. 스키프가 움직이고 있다. 물고기가 수면으로 올라옴에 따라, 줄이 스틸기타(steel guitar, 경음악 연주에 쓰는 전기기타: 옮긴이)의 고음처럼 윙 소리를 내면서 스키프를 끌고 가고 있다. 미친 소리처럼 들리겠지만, 다랑어가 스키프하고 나를 합친 무게를 지탱하고도 남는다는 얘기다. 심지어 등에 작살 촉이 박혀 있는데도 저렇게 빠르게 달려 나갈 힘이 있다는 얘기다.

나로서는 꽉 붙잡고 매달리는 수밖에 없다. 아빠가 그러는데, 옛날에 작은 배를 타고 고래를 쫓아다닐 때는 '낸터킷(Nantucket, 미국 매사추세츠 주 케이프코드 남쪽에 있는 대서양의 섬으로 한때 고래잡이로 유명한 지역 이름: 옮긴이) 썰매 타기'라는 걸 했다고 한다. 자기를 사냥한 사람들한테서 필사적으로 도망치려는 고래 뒤에 매달려 가는 걸 말한다. 낸터킷의 고래잡이들은 고래를 타고 빠르게 나아가는 것이 디즈니랜드보다 훨씬 더 재미있다고 여겼다. 난 아니다. 제발 그만 멈추길 바란다. 스키프가 뒤집히면 어떡하지? 난 떨어져 내리고 스키프가 다시 안개 속으로 사라져 버리면 어떡해? 그래도 구명조끼는 입고 있잖아. 그래서 뭐? 이번엔 꼼짝없이 얼어 죽고 말 텐데.

스키프가 빠르게 미끄러져 나아가면서 긴 물살을 남긴다. 모터 없이도 이렇게 빠른 속도로 나아가다니 아찔아찔하다. 참다랑어는 고래는 아니지만, 그래도 나보다는 훨씬 크고 힘으로 보자면 백만 배쯤 세다. 칼을 가져다 줄을 자를까 하는 생각도 든다. 하지만 내 안의 무언가가 그러지 말라고 한다. 절대 포기하지 마. 무서워 죽을 지경이라도. 특히 이번엔. 나는 두 손을 꼭 잡고 일이 잘되기만을 기도 드린다. 하느님, 제발 제가 물에 빠지지 않게 해 주세요. 작살 촉이 빠져나가지 않게 해 주세요. 줄이 끊어지지 않게 해 주세요.

하느님한텐 물고기 잡는 소년을 도와주는 것보다 더 중요한 일도 아주 많을 거라는 생각이 들기도 하지만 또 모르는 일이다. 기도 드려서 손해 볼 건 없단다, 엄마가 해 주었던 말이다.

썰매 타기가 얼마나 지속될지 감도 잡히지 않는다. 10분이 될 수도 있고 한 시간이 될 수도 있다. 그런데 팽팽하던 줄이 느슨해지면서 스키프가 속도를 늦추더니 이윽고 멈춘다. 나는 다랑어를 찾아 주위를 돌아본다. 저기, 15미터 내지 20미터 정도 떨어진 곳에 다랑어가 보인다. 어디가 어딘지 모르는 것처럼 수면 위를 이리 굴렀다 저리 굴렀다 한다. 커다란 지느러미가 통째 떨리면서 힘이 빠져나가고 있다. 작살 촉이 박힌 곳에서 피가 흘러나온다. 탁하고 번들거리는 눈동자가 나를 바라보고 있는데, 마치 이렇게 말하는 것 같다. 잘 봐, 네가 무슨 짓을 했는지.

지금껏 나는 작은 물고기를 셀 수도 없이 많이 잡았다. 고등어, 폴락(pollock, 북대서양에서 나는 대구과의 식용 물고기: 옮긴이), 대구, 도다리 같은 것들을 잡아서 배까지 갈랐다. 일단 익숙해지고 난 뒤로는 조금도 힘들거나 괴롭지 않았다. 그런데 이번 경우는 좀 다르다. 이번에는 저 물고기한테 미안한 생각이 든다. 나를 익사시킬 수도 있었는데 그러지 않아서 녀석이 죽어 가고 있다. 내가 녀석을 죽인 사람이 되는 거다. 커다랗고 아름다운 생명체가 어찌나 펄펄하게 생명력이 넘치던지 영영 죽지도 않을 것처럼 보였는데, 이젠 아니라는 걸 걸 안다. 작살을 던졌을 때 알았을지도 모르겠다.

문득, 내가 저 물고기를 육지로 가지고 가서 나가하치 씨한테 팔면 어떻게 될까 하는 생각이 떠오른다. 메리 로즈 호에 새 엔진을 달아 줄 수 있다. 잘려 나간 돛 대신 새 돛을 가질 수도 있다. 아빠에게도 뭔가 근사한 것을 해 줄 수 있다. 그러면 우리 집이 엉망이 되기 전에 아빠가 가졌던 마음이며 기분이 되살아나게 될 거다. 타일러가 저 커다란 물고기를 끌고 가는 나를 볼 때의 표정도 스쳐 간다. 새 자전거, 새로운 생활, 새로운 모든 것이.

물고기가 마침내 움직임을 멈춘다. 나는 노를 꺼내서 최대한 가까이 스키프를 몰고 간다. 물고기가 아직 숨이 붙어 있다면 뒤로 물러날 만반의 준비도 갖추고 있다. 하지만 물고기한텐 싸울 힘이 남아 있지 않은 상태다. 아가미도 거의 움직이지 않고 밝은 파란 빛깔도 점점 탁해지고 있다.

이것도 아빠가 말해 주어서 아는데, 먼저 꼬리에 밧줄을 감아

매야 한다. 꼬리를 잡으면 물고기를 다 잡은 거나 마찬가지다. 그나저나 물속으로 뛰어들지 않고도 어떻게 해낼 방법이 없을까? 무슨 일이 있어도 물속에는 다시 들어가고 싶지 않다.

물고기가 배를 드러낸 채 나를 바라본다. 크고 칙칙한 눈동자가 온통 흐릿해져 간다. 머리가 무거워서 그쪽으로 기울어지기 시작한다.

지금이 아니면 다시 기회는 없다!

내 손이 떨린다. 하지만 밧줄로 고리를 만들어 묶을 수 없을 정도로 심하지는 않다. 나는 밧줄을 물속에 담그고 반달 모양의 꼬리에 밧줄을 동여매면서 생각한다. 그렇게 어렵지 않을 거야. 내가 겁내는 건, 물고기가 아직 제가 죽을 때가 아니라고 맘먹으면 어떡하나 하는 거다.

꼬리가 바닷물을 철썩이자 나한테로 물이 확 뿌려진다. 앞뒤로 휙휙 움직이는 꼬리를 붙잡아서 밧줄 고리로 조이느라 정신이 하나도 없다. 나는 자리에 딱 버티고 서서 밧줄을 꼭 붙잡고 늘어진다.

언젠가 7월 4일 독립기념일 소풍에서 사람들이 줄다리기를 한 적이 있다. 진 쪽이 물웅덩이로 빠졌는데, 진흙탕에 빠지지 않은 사람들에게는 진짜 우스운 장면이었다. 그때 엄마가 그랬다. 언제 줄을 놓아야 하는지를 아는 게 비결이란다. 상대방이 먼저 넘어지게 만들어야 해. 하지만 나는 줄을 붙잡고 있는 것도 무섭지만, 줄을 놓는 건 더더욱 무섭다. 물고기한테 약간이라도 틈을 주면, 꼬리가 물속으로 들어가게 되고 그러고 나면 멈추게 할 수 없을 것 같다. 물속에 있어 봐서 안다. 다시는 돌아가고 싶지 않은 곳이 거기 물속이다. 그래서 나는 놈이 발버둥질할 때마다 더 힘껏 버틴다. 팔이 어깨관절에서 빠져나가는 것 같을 때까지 버틴다. 심장박동이 빨라져서 얼굴이 시뻘겋게 달아오를 지경까지 죽어라 버틴다.

이윽고 발버둥질이 더뎌지면서 큰 물고기가 몸을 부르르 떨더니 마침내 움직임을 멈춘다. 놈은 아직 살아 있다. 하지만 나와 맞서 싸우거나 내가 선체 밧줄 걸이에 밧줄을 감아 매지 못하게 할 만큼 기운이 남아 있는 건 아니다.

밧줄을 묶고 나자 나는 숨을 몰아쉬면서 다음에 무엇을 해야 할지 정한다. 작살로 큰 물고기를 잡는 데에만 정신이 온통 가 있었지, 잡은 다음에 어떻게 할지는 생각해 보지도 않았다. 보트 안으로 끌어 올리기에는 너무 크다. 내가 힘이 남아돈다고 해도 무리일 텐데, 힘이 남아돌지도 않는다.

내가 생각해 낸 유일한 방법은, 스키프로 물고기를 끌고 가는 거다. 꼬리를 앞쪽으로 해서.

팔에 힘이 다 빠져서 시동 장치 코드도 겨우 잡아당긴다. 그런데 웬일인지 낡은 모터가 단번에 시동이 걸린다. 나는 기어를 넣고 나침반이 서쪽을 찾을 때까지 키를 조종한다. 스키프 뒤로 물고기의 엄청난 무게가 느껴진다. 모터에서 통통거리는 소리가 이렇게 말하는 것 같다. 무슨 일이야? 무슨 짓을 한 거야? 어째서 스키프가 이렇게 갑자기 무거워진 거냐고?

커다란 다랑어가 잡혔어. 바로 내가 잡았어.

자랑하는 거야, 지금?

그래. 사실은 그래. 지치고 춥고 배고프지만 무척 자랑스럽기도 하거든.

계속 키를 잡고 있어, 이 멍청아. 남쪽으로 흘러가게 내버려두면 안 돼. 서쪽으로 키를 잡아. 완전 서쪽으로. 거기가 육지가 있는 데야. 거기가 바다가 끝나는 데라고. 이봐, 항로를 잘 지키고 나아가야 돼. 이제 집까지 50킬로미터야. 나가하치 씨를 찾기까지 50킬러미터라고. 물고기를 팔기까지 50킬로미터를 가고 나면 모든 일이 다시 다 좋아질 거야.

모든 일이 다 잘될 거야.

24장
안개 속의 천사

스키프처럼 작고 바닥이 평평한 보트는 절대 무거운 것을 끌면 안 된다. 거대한 물고기가 뒤에 있으니까 보트가 허우적거리기 시작한다. 무슨 말이냐 하면, 모터가 배를 앞으로 밀면 선체 뒷부분이 물에 잠기게 되는데, 그렇게 되면 밧줄에 힘이 실리면서 속도가 처지게 된다. 그때마다 모터에서 이상한 소리도 난다. 마치 늙은 고양이가 털실 뭉치를 마지못해 내놓으며 가르랑거리는 소리 같다. 듣기 좋은 소리는 확실히 아닐뿐더러 파도가 뱃머리로 넘실대는 걸 걱정하게 만드는 소리이기도 하다.

나는 기어 장치를 앞쪽으로 옮기고 내 몸도 앞으로 바짝 붙여서 배의 균형을 맞추려고 해 보지만 별 도움이 되지 않는다. 아

마 나와 큰 물고기까지 다해서 시속 8킬로미터 조금 넘는 속도
로 나아가고 있을 거다. 만약에 썰물이라도 일면, 이건 내 생각
이지만, 우리는 거의 앞으로 나아가지 못할 거다. 시속 2, 3킬로
미터가 될까 말까.

막막하다.

서둘러 줄 거지, 스키프. 넌 괜찮은 보트잖아. 넌 할 수 있어.
계속 서쪽으로 향하는 거야. 스피니 코브로 향하자고. 집으로 향
하는 거야. 오늘 나가하치 씨가 집으로 가기 전에 이 엄청난 놈
을 부두로 데려가야지. 아빠가 나하고 너하고 마지막 작살이 없
어진 걸 알아채기 전에 말이야.

그래도 계산은 해 봐야겠지. 별로 좋지 않아. 이런 속도라면
육지로 돌아가는 데 열다섯 시간은 걸릴 거야. 다랑어는 열다섯
시간까지는 못 버텨. 추운 날씨라도 말이야. 그렇게 되면 이 아
까운 놈을 고양이 먹이로나 팔아야 하는데 파운드당 몇 푼밖엔
못 받을 거야.

문득 조류의 방향이 여섯 시간마다 바뀐다는 게 기억난다. 조
금만 있으면 바람이 뒤쪽에서 불어와서 스키프를 육지 방향으로
밀어 줄 거다. 아니면 안개가 걷힐지도 모른다. 그러면 어장에
나와 있는 다랑어 낚싯배하고 거래를 할 수도 있다. 나하고 이
큰 물고기를 부두까지 끌어 주는 조건으로 수익의 일부를 주는
거다. 돈을 나누는 건 정말 내키지 않는 일이다. 하지만 물고기

가 싱싱하면 그만큼 더 높은 가격이 매겨질 테니 한번 해 볼 만하잖아, 안 그래?

내가 수익을 계산해 보고 있는데 모터가 털털거리기 시작한다.

"야, 모터? 지금 날 버리면 안 돼. 날 집으로 데려다 주면 새 카뷰레터를 사 줄게. 너를 완전 새것으로 만들어 줄게."

하지만 모터 탓이 아니다. 나도 다 안다. 기름이 문제다. 두세 시간을 달려 왔으니 연료가 떨어져서 씩씩대고 있는 거다. 연료 탱크를 한번 흔들어 주자 모터가 잠시 기운을 되찾는다. 하지만 이내 시름시름 앓으면서 탈, 탈, 탈, 하다가 조그맣게 탁 하고 끝이다. 더 이상 모터는 없다.

갑작스런 정적. 쉿 하는 안개 소리. 선체로 와서 찰랑찰랑 부딪히는 물소리. 물살이 커다란 물고기를 밀어붙여서 스키프 뒤쪽에 조그맣게 툭툭 부딪히는 소리. 다랑어 꼬리가 강아지 꼬리처럼 살며시 툭툭 부딪히는 소리가 내가 무슨 짓을 저질렀는지 알게 해 준다.

다른 소리가 있다면 내가 노를 꺼내는 소리다.

결국 이렇게 될 줄 알았다. 과다한 무게를 추가로 끌지 않았더라도 스키프는 왕복 여행에 들어갈 기름을 충분히 지탱하지 못했을 거다. 내가 마지막 몇 킬로미터를 노를 저어 가야 하는 건 언제든 닥쳐올 일이었다. 그게 몇 킬로미터 이상이라는 점만 빼면. 30킬로미터 이상이다.

나는 그동안 제법 많이 노를 저었다. 노를 저어서 만을 수도 없이 오르내리기도 하고 항구 근처를 누비고 다니기도 했다. 하지만 한 번에 30킬로미터를 저어 본 적은 없다.

1마일(mile, 1.6킬로미터: 옮긴이)마다 1,000달러씩의 가치가 있을 거다. 물고기가 상하기 전에 부두로 가지고 갈 수만 있다면 말이다. 1마일에 1,000달러! 그런 생각이 등을 굽히게 만든다. 하지만 노를 처음 당긴 순간부터 노 젓기가 얼마나 어려울지를 실감한다. 힘겹게 노를 당기자 물고기의 엄청난 무게가 그대로 느껴진다. 게다가 뒤를 보며 온 힘을 다해 노를 당기면서 동시에 나침반에 맞추어 방향을 잡기가 여간 어려운 게 아니다.

이것 말고 다른 방법은 없을까? 다른 선택의 여지는 없다. 나 스스로 이런 곤경에 빠졌으니 이제 스스로 노를 저어서 빠져나오는 수밖에 없다. 간단명료한 사실이다. 어떤 사람들이 어쩔 수 없이 160킬로미터를 노를 저어 가야만 했던 이야기를 들은 적이 있다. 이보다 더한 날씨 속에서 음식도 물도 없었다.

그러고 보니 나도 마찬가지다. 음식도 물도 다 떨어졌다. 마지막 샌드위치를 우적우적 먹어 치우지 않았더라면 좋았을걸. 지금이라면 더없이 맛있게 먹을 텐데! 배가 고프다 못해 아프다. 스크램블드에그(scrambled eggs, 달걀에 우유를 넣어 버터로 볶은 요리: 옮긴이)에 소시지, 딸기잼 바른 토스트, 그게 바로 내 허기진

위장이 원하는 거다. 거기에 따뜻한 잠자리와 폭신한 베개. 아니면 텔레비전 소파에 누워 있는 아빠 옆에 몸을 웅크리고서 이 축축하고 으슬으슬한 기운일랑은 다 잊어버리는 거다.

"이봐, 커다란 참다랑어."

나는 이어 말한다.

"우리 좀 밀어 주지 않을래?"

커다란 참다랑어는 대답하지 않는다. 이따금 거대한 꼬리를 힘없이 철썩거리긴 하지만 기운이 점점 더 빠져나가고 있다. 머지않아 저 꼬리마저도 영영 움직임을 멈추고 말 거다. 커다란 머리가 축 처져 있다가 너울을 타고 올라오면서 나를 바라본다. 안녕이라고 말하는 슬픔에 찬 커다란 눈망울.

나는 노를 힘껏 끌어당긴다. 그러자 밧줄이 위로 바짝 다가오고 스키프 전체가 덜컥거리다가 멈춘다.

리듬을 타야 한다. 그렇지 않으면 아무 데도 가지 못할 거다. 당기고, 놓고. 당기고, 놓고. 당기고, 당기고, 당긴다. 밧줄이 처지지 않도록 박자를 잘 맞추어야 한다. 그리고 나침반을 확인하는 것도 잊지 말아야 한다. 나침반이 없으면, 한쪽 팔의 힘이 더 세기 마련이라, 크리스마스 때 트리를 가운데 놓고 빙글빙글 도는 것처럼 제자리를 맴돌기만 할 거다. 숲 속에서 길을 잃은 사냥꾼이 방향을 알려 주는 별이 없거나 이끼가 주로 나무의 북쪽 면에서 자란다는 걸 모를 경우 한곳에서 빙빙 돌기만 하는 것과 매한가지다.

이렇게 안개가 짙으면 해안에 닿기 전까지는 육지가 어디 있는지도 정확히 알 수가 없다. 그러니 손바닥 보듯 훤히 아는 집이며 항구며 만에 대한 생각일랑은 집어치워야 한다. 얼마나 배가 고픈지 얼마나 목이 타는지도 생각하지 말아야 한다. 오로지 노 젓는 것만 생각하는 거다.

얼마나 힘든지 생각하지 마.

손에 물집이 잡히는 것도 생각하지 마.

아무것도 생각하지 마.

당겨.

놓아.

당겨.

당겨.

당겨.

내가 기계가 된 것 같다. 멈출 수도 없고 나가떨어지지도 않을 지치고 낡아 빠진 기계. 어디까지가 내 팔이고 어디부터가 노인지도 분간이 되지 않는다.

당기고.

당기고.

당긴다.

생각하지 마.

당기고.

당기고.

당긴다.

몇 시간이 흘러간다. 아니 어쩌면 며칠이나 몇 주나 몇 달이나 몇 년일 수도 있다. 온몸이 지치고 아플 땐 시간이 낯설어지기도 하니까.

학교에서 책상에 앉아 수업을 받던 때가 생각난다. 지난 학기 마지막 날 마지막 수업. 마지막 종소리가 들려오기까지 분침이 어서어서 똑딱똑딱 움직여 가기만을 기다렸다. 그 수업 시간의 마지막 10분이 다 가기까지 적어도 1주일은 걸린 것 같은데, 이 건 더하다. 훨씬 더하다. 마치 매 1분이 한 시간이고 한 시간이 영원 같다.

이제 나한테 남은 건 노를 젓는 부분과 아픈 부분이다. 생각하는 부분은 뒤통수에 숨어서 나오려고도 하지 않는다. 왜 이래야만 하지? 그래 봤자 배고프고 아프고 목마르고 비참한 것 말고는 아무것도 없는데.

당기고.

당기고.

당긴다.

희뿌연 안개가 희미한 회색빛으로 흐려진다. 태양이 지고 있다는 걸 깨닫는 데 한 1, 2년쯤 걸린다. 얼마나 오랫동안 노를 저었는지 그 지경이다. 그리고 노를 한 번 저을 때마다 아무 데로도 움직이지 않고 제자리에서 젓고 있는 것처럼 느껴진다. 물살을 거스르고, 무게에 맞서 노를 젓고 있는 것 같다. 시커먼 물의 어느 한곳을 빙빙 돌면서 저 거대한 물고기를 끄는 것만 같다. 무거운 강철 부츠를 신고 가파른 언덕을 오르는 것 같다. 언덕은 가면 갈수록 더 높아지고 부츠도 점점 더 무거워져서 언덕 꼭대기에는 결코 도달할 수 없을 것만 같다.

당기고.

당기고.

당긴다.

물고기가 이겼다고 말하고 싶다. 네가 이겼어. 철썩 노를 한 번 놓을 때마다 뒤로 당기기가 점점 더 힘들어진다. 놈은 결코 포기하지 않았다. 놈이 나를 녹초가 되게 만들었다. 놈이 나를 안개와 어둠 속에 빠뜨렸다.

당기고.

당기고.

당긴다.

안개가 낮 안개에서 밤안개로 바뀐다. 더 추워지고 있는 게 분명한데, 아무것도 느껴지지 않는다. 내 손이 감각을 잃은 지 이미 오래다. 밤이 되자 손이 따뜻해지는 느낌이 들어서 뭔가 이상하다 싶더니, 이내 손이 노에서 미끄러져 나간다. 나는 그대로 쓰러져 바닥에 벌러덩 눕는다.

손을 얼굴에 대 보고 나서야 손에서 피가 난다는 걸 알아차린다. 피가 흘러서 손에서 노가 빠져나간 거다. 나는 도로 일어나 앉아서 숨을 몰아쉰다. 정신을 가다듬어 보려고 해도 마음대로 되지 않는다. 배고픈 건 벌써 잊어버렸는데 먹지를 못해서 그런지 생각하기도 힘들다.

이제 어떻게 하지? 두 가지 중에 하나뿐이다. 물고기를 끊어 버리든가 아니면 계속해서 노를 저을 방법을 찾든가.

물고기를 끊어 버리는 건 포기하는 거고, 그건 규칙 3번을 깬다는 뜻이다. 그런데 똑똑하게 생각하라는 1번 규칙도 있다. 똑똑하게 생각한다는 게 물고기를 끊어 버려야 하는 건지도 모른다. 어느 쪽이 더 중요할까? 절대 포기하지 않는 것? 아니면 똑똑하게 생각하는 것?

어떻게 결정해야 할지 몰라 고심하는데, 발밑에 뭔가가 닿는다. 뭉툭한 샌드위치 봉지. 말도 안 돼. 샌드위치는 벌써 오래전에 몽땅 먹어 치웠잖아.

아니, 내가 그랬나?

있는 힘을 다해 몸을 숙인다. 피 묻은 손가락으로 비닐봉지를 집어 내 눈으로 볼 수 있게 들어 올린다. 내가 이렇게 멍청하다니. 분명 그 땅콩버터와 젤리 샌드위치다.

황금 덩어리라고 해도 이보다 더 대단해 보이진 않을 거다!

손이 너무 미끄러운데다가 부들부들 떨리기까지 해서 이빨로 비닐봉지를 찢어 내는 수밖에 없다. 샌드위치다! 배가 고파 죽을 지경일 땐 으깨지고 질퍽거려도 아무런 문제가 되지 않는다. 샌드위치를 한입에 전부 다 털어 넣고, 더없이 맛있게 씹어 먹는다. 끈적거리면서 달콤한 맛이 난다. 사탕보다도 낫다. 그 어떤 것보다도 더 낫다.

샌드위치 한입에 머리가 맑아지고 떨림이 멎는다. 내가 어떻게 할지 결정하는 데 도움이 된다. 똑똑하게 생각하면서도 절대 포기하지 않는 것. 이 두 가지를 동시에 다 이룰 수 있는 방법을 생각해 내는 데 결정적인 도움이 된다.

무슨 말이냐 하면, 우드웰 할아버지가 언젠가 내게 들려준 실화로, 오래전에 실제로 있었던 이야기가 떠오른 거다. 옛날에 어부들은 스쿠너(schooner, 둘 내지 네 개의 돛대에 세로돛을 단 서양식 범선: 옮긴이)라는 돛단배로 물고기를 잡았다. 하얀 캔버스 천으로 된 돛대가 달린 그 커다란 나무배가 어부들을 앞바다 멀리에 위치한 그랜드뱅크스 어장까지 데려다 주었다. 스쿠너마다 나무 도리(dory, 밑이 판판한 소형 어선: 옮긴이) 몇 척을 갑판에 쌓아올려서 가져갔다. 어장에 도착하면 어부들은 그 소형 어선에 올라타고 서로 떨어진 곳으로 노를 저어 가서 대구와 해덕(haddock, 대구의 일종: 옮긴이)을 찾아 나섰다.

그런데 어떤 어부가 겨울 폭풍 속에서 길을 잃어버려 스쿠너를 찾을 수 없었다. 그때 어부는 육지에서 160킬로미터나 떨어진 바다에 있었다. 소형 어선의 기어 장치도 몽땅 물에 휩쓸려 나가고 노만 남은 상태였다. 어부는 자기 손이 곧 동상에 걸려서 노를 움켜잡을 수도 없을 거라는 걸 알았다. 그러기 전에 어부는 자기 손을 차가운 물에 담그고, 노가 미끄러져 나가지 못하도록 자기 손을 노 손잡이에 붙여서 얼려 버렸다. 그러고는 그랜드뱅크스에서 떨어진 노바 스코티아에서 출발해 매사추세츠의 글로스터까지 내내 노를 저어 갔다. 동상으로 양손을 모두 잃었지만 온힘을 다해 집으로 노를 저어 갔다. 그리고 끝내 살아남아서 그 이야기를 전부 들려주었다.

그 어부는 결코 포기하지 않았다. 끝까지 최선을 다했다.

나도 그렇게 최선을 다하려면, 어떻게든 내 손이 노에서 미끄러져 나가지 않게 해야 한다. 그래서 나는 밧줄에서 두 가닥을 잘라 낸다. 먼저 왼손을 왼쪽 노에 단단히 묶은 다음 밧줄을 꼭꼭 매듭지어 놓는다.

자. 빠져나가지 못한다.

오른손을 단단히 묶어 매는 건 훨씬 더 어렵다. 눈에서 눈물이 빠질 정도다. 하지만 결국은 이빨로 밧줄을 잡아당겨서 간신히 매듭을 조여 놓는다. 양손이 다 노에 꽁꽁 묶인 상태다. 이젠 빠져나가지 못해서 포기하지도 못한다.

준비됐어?

준비됐어.

당기고.

당기고.

당긴다.

엄마 병세가 악화되어 가던 무렵의 어느 날, 엄마가 나를 방으로 불렀다. 엄마 목소리가 너무 작고 희미해서 엄마한테로 바짝 몸을 기울여야 했는데, 그때 엄마 숨결에서 병자 냄새가 났다. 아무 상관 없었다. 난 그렇게라도 엄마 곁에 있고 싶었다. 내 뺨에 깃털처럼 곱고 가벼운 엄마의 손길을 느끼고 싶었다.

네가 아직 어린 꼬마라는 거 알아. 하지만 스키프 비어면, 너 한테 큰일을 남겨야겠구나.

뭐든지, 엄마. 뭐든 다 괜찮아.

네가 아빠를 돌봐 줬으면 좋겠어. 무슨 말인지 알지?

그럼, 엄마. 내가 아빠를 돌볼게.

저기 쌓인 팬케이크 상자에 대고 맹세할 수 있지?

그럼 맹세해, 엄마.

실은 그때 나는 엄마에게 되물어 볼 수가 없어서 그냥 입에서 나오는 대로 대답했다. 엄마도 내가 그렇게 대답해 주길 바랐지만, 내가 엄마 마음을 편하게 해 주려고 무조건 덮어놓고 그럼,

그럼 했다는 걸 다 알고 있었을 거다.

문득, 내가 계속해서 노를 저어야 하는 정말로 타당한 이유가 하나 있다면 엄마와의 약속을 지키기 위해서라는 생각이 든다. 그렇다면 물고기를 끊어 버리면 집에 더 빨리 갈 수도 있다. 말이 되는 소리다. 그런데 단 하나, 내 손이 모두 노에 꽁꽁 묶여 있어서 밧줄을 잘라 낼 수가 없다. 상황이 그렇다.

당기고.

당기고.

당긴다.

한번은 우리 가족 모두 메리 로즈 호를 타고 소풍을 갔었다. 분 아일랜드 뒤쪽에 바람이 없는 곳을 골라 닻을 내렸다. 엄마는 엔진 덮개 위에 체크무늬 식탁보를 깔고 종이 접시에 프라이드 치킨, 감자 샐러드, 피클 같은 걸 담아냈다. 후식으로는 집에서 만든 블루베리 파이가 나왔다. 나는 엄청 많이 먹고 나서 생떼를 썼다. 배가 불러 죽겠다고, 음식이 너무 많아 그렇다고 되지도 않는 소리로 투정을 부렸다. 그러자 엄마는 음식이 너무 많다고 불평하면 못쓴다고 했다. 그건 요리한 사람을 모욕하는 거고 이 세상의 굶주리고 있는 사람들을 모욕하는 거라면서 내 잘못을 하나하나 타일렀다.

그런 엄마한테 툴툴거리며 말대꾸를 해서 나는 나머지 소풍 내내 선실에 내려가 있어야 했다. 부두로 돌아왔을 때 엄마가 선실로 내려와 말을 곱게 하는 법을 배웠냐고 물었다. 난 아니라고 대답했다. 엄마는 고개를 절레절레 저으며 침상에 앉아 너를 어쩌면 좋겠냐고 물었다. 엄마가 어쩌든 말든 신경 안 써. 나는 엄마에게 그렇게 대꾸했다. 내가 배가 아프다는데도 엄마는 신경도 안 쓰잖아. 그러자 엄마는 엄마 눈을 보면서 그렇게 말해 보라고 했다. 나는 엄마 눈을 보면서는 그렇게 대꾸할 수가 없었다. 사실이 아니었으니까. 이윽고 엄마가 살며시 웃으며 말했다. 넌 다 큰 어른만큼이나 고집이 세구나. 언젠가는 네가 그 고집을 좋은 데 썼으면 좋겠다.

그것이 메리 로즈 호에서의 마지막 소풍이었다.

당기고.

당기고.

당긴다.

엄마가 병에 걸렸을 때 나는 과거로 돌아가서 잘못을 고칠 수 있게 타임머신을 갖게 해 달라고 빌었다. 그때껏 내가 엄마한테 했던 그 못된 말들을 전부 주워 담고 싶었다. 엄마 마음을 아프게 했던 일들을 다 되돌려 놓고 싶었다. 무엇보다 나를 보다 나은 사람으로 되돌려서 그 소풍을 망치지 않게 하고 싶었다.

당기고.

당기고.

당긴다.

팔에 아무런 감각이 없다. 손에도 감각이 없다. 나한테 느껴지는 건 스키프와 큰 물고기와 안개가 짓누르고 있는 무게뿐이다. 머리가 제대로 돌아가지 않는다. 뭔가 잘못됐는데 그게 뭔지 모르겠다. 거의 잠들어 있는 것 같은데 계속 노를 젓고 있으니 잠이 든 것도 아니다. 눈을 크게 떠 보지만 이내 나침반이 희미해져 버린다. 육지를 향해 가고는 있는 걸까?

당기고.

당기고.

당긴다.

멈출 수가 없다. 포기하고 싶어도 할 수가 없다. 이제 노를 당기는 나를 내가 지켜본다. 마치 내가 공중에 붕 떠 있는 것처럼, 내 바로 아래서 스키프 비어먼이 노를 젓고 또 젓고 하는 걸 지켜보고 있다. 정신 나간 꼬마야, 저 녀석이 어디로 가고 있다고 생각하니? 분 아일랜드로 소풍을 가고 있는 거야. 이번엔 제대로 잘할 거야.

당기고.

당기고.

당긴다.

나침반이 보이지 않는다. 물고기도 보이지 않는다. 노 끝이 물속으로 들어가는 것도 보이지 않는다. 지금 보이는 거라곤 안개 위로 성큼성큼 걸어 올라가는 우스꽝스럽게 생긴 거인이다. 비쩍 마른 다리가 길게 늘어나 있고 머리 뒤에서 하얀 후광이 밝게 빛나고 있다. 거인한테 후광이 있나? 거인일 리가 없다. 거인이 있는 게 아니야, 그렇지? 그렇다면 천사다. 빛줄기 같은 눈빛을 가진 안개 속의 천사.

상관하지 마. 계속 노를 저어야 해.

그때 천사가 안개 속에서 빠져나온다. 천사가 아니다. 배다. 후광은 다랑어 신호탑에서 내리비치는 환한 조명이다. 신호탑에서 어떤 사람이 마구 소리친다. 뭐라고 말하는지 잘 들리지 않는다. 이제 그만 포기하라고 나를 유혹하는 꿈일지도 모른다. 나는 노 젓는 걸 멈추지 않는다. 마침내 아빠가 핀 체이서 호에서 뛰어내려 와서 나를 들어 올리고, 노하고 그 모든 것도 다 들어 올려 나를 잠 속으로 데려갈 때까지, 나는 절대 노 젓기를 멈추지 않는다.

25장
문에 남은 꼬리

어린 소년이 엄청나게 큰 물고기를 작살로 잡다.

스피니 코브에 사는 열두 살 소년 새뮤얼 '스키프' 비어먼 주니어가 이번 시즌 가장 큰 참다랑어를 메인 주 앞바다에서 작살로 잡았다. 400킬로그램이 나가는 참다랑어는 기록적인 가격에 팔렸지만 어린 비어먼 군에게는 자신의 목숨과 맞바꿀 수도 있었던 것이었다. 비어먼 군은 그 영광스러운 다랑어를 작살로 잡아 자신의 3미터짜리 스키프 호에 단단히 고정시켰지만 연료가 떨어지자 제프리 레지에서 육지 8킬로미터 부근까지 40킬로미터라는 어마어마한 거리를, 그것도 보기 드물게 짙은 안개를 뚫고 노를 저어 왔다.

해안 경비정 릴라이언스 호와 여러 척의 상업용 고깃배들이 어린 작살잡이 소년을 찾아 밤새도록 수색하던 끝에 소년의 아버지 새뮤얼 비어먼 시니어가 찾아냈다. 소년의 아버지는 스피니 코브에 사는 잭 크로프트 소유의 다랑어 낚싯배 핀 체이서 호에 타고 있었다. 크로프트 씨 말에 따르면, 소년은 발견 당시 몹시 탈진한 상태였으며, 열두 시간 이상을 쉬지 않고 계속해서 노를 저어 온 것으로 보였다고 한다.

소년은 포틀랜드에 있는 메인 병원에서 치료를 받고 그다음 날 퇴원했다. 소년은 곧 건강을 되찾을 것으로 보인다.

―〈포틀랜드 프레스 헤럴드〉

이 신문 기사는 이제 내 스크랩북 속에 나가하치 씨한테 받은 수표 복사본하고 같이 있다. 신문에 다랑어 사진이 없는 게 몹시 안타깝다. 모두가 나를 무척 걱정하다 보니 사진 찍는 걸 깜박한 것 같다. 아빠는 안달하지 말라고 한다. 물고기는 얼마든지 있으니까 나중에 사진을 찍으면 된다고 한다. 적어도 내년까지는 기다려야 한다. 메리 로즈 호를 수리하고 학교에 다니고 이런저런 집안일을 하면서.

오늘 아빠가 거실에 청소기를 돌렸다. 처음 있는 일이다. 우드웰 할아버지를 저녁 식사에 초대했기 때문에 아빠하고 나하고 청소를 했다. 아빠는 할아버지가 노안이라 잘 보이지 않아서 상관없을 거라고 하지만, 그래도 할아버지는 먼지 정도는 분간한다. 게다가 할아버지는 명예로운 손님이다. 더욱이 할아버지는 작살을 훔쳤다고 나를 잡아가지도 않았다. 내 복이라고 해도 고마운 일이다.

그래서 내가 잃어버린 것 대신 할아버지에게 드릴 수 있도록 아빠가 나한테 작살 만드는 법을 가르쳐 주기로 했다. 그것 말고도 할아버지가 창고 일 하는 것도 공짜로 도와드릴 생각이다. 내 도움이 필요하다면 말이다. 내가 억지로 하는 것 같다고? 그럴까? 사실대로 말하면 나는 이 세상의 그 어느 곳보다도 배 창고에 있을 때가 좋다. 물론 배를 타고 있을 때는 빼고.

메리 로즈 호를 수리하는 것 말고도 좋은 일이 또 하나 있다. 아빠가 금주 모임에 나가고 있다는 사실이다. 아빠는 앞으로 어떻게 될지 생각하지 않겠다고 한다. 안개 속에서 나를 찾다 보니 너무 놀라서 술 생각이 그 자리에서 떨어져 나갔다고 한다. 두고 볼 일이다. 지금까지는 아주 좋다.

타일러에 대해서도 말해 둘 게 있다. 그 새빨간 거짓말쟁이는 내 덫을 자르지 않았다고 바득바득 우겼지만, 타일러 아버지는 녀석 말을 믿지 않았다. 그 결과 타일러는 1년 동안이나 보스턴 웰러를 못 타게 됐다. 받아 마땅한 벌이다. 아빠는 잭 크로프트 씨가 그 녀석을 어찌해야 좋을지 몰라 하면서 나를 아들로 삼고 싶어 한다는데, 어쨌든 그건 좀 의심스럽다. 피는 물보다 진해서 가족이 말썽을 부리더라도 가족이라면 함께 있어 주어야 한다.

친구도 마찬가지다. 아빠 말 그대로, 아빠는 안개 속에서 두 가지를 되찾았다. 나하고 아빠의 오랜 단짝 친구 잭 아저씨. 잭 아저씨는 진정한 친구를 위해 자기 배가 위험에 빠지는 걸 아무렇지도 않게 여겼다.

그 일이 내게 가져다준 건 이 세상에서 가장 큰 물고기다. 나를 익사시킬 뻔했다가 나를 살려 주고 그러고 나서 나를 속이고, 그런 다음에 다시 또 한 번 나를 죽일 뻔했던 물고기. 넓고 푸른 바다에 살던 엄청나게 큰 물고기가 비행기로 세상 반대편으로 실려 가서 일본 곳곳의 결혼식이며 잔치며 생일파티에 요리가 되어 나온다. 그곳 사람들은 그 거대한 참다랑어를 '혼마구로'라고 부른다. 그리고 그 참다랑어가 먹는 사람의 입에서 스르르 녹아서 그 사람의 영혼 속으로 들어간다고 믿는다.

그러나 꼬리만은 예외다. 꼬리는 누구나 다 볼 수 있게 우리 집 옥외 변소 문에 못으로 박아 두었다. 아빠는 이제 다시는 아무도 그 멍청한 노래를 부를 생각을 못하도록 낡은 옥외 변소를 허물어뜨리자고 했지만 나는 그냥 놔두자고 했다.

나는 지금 이대로가 좋다.

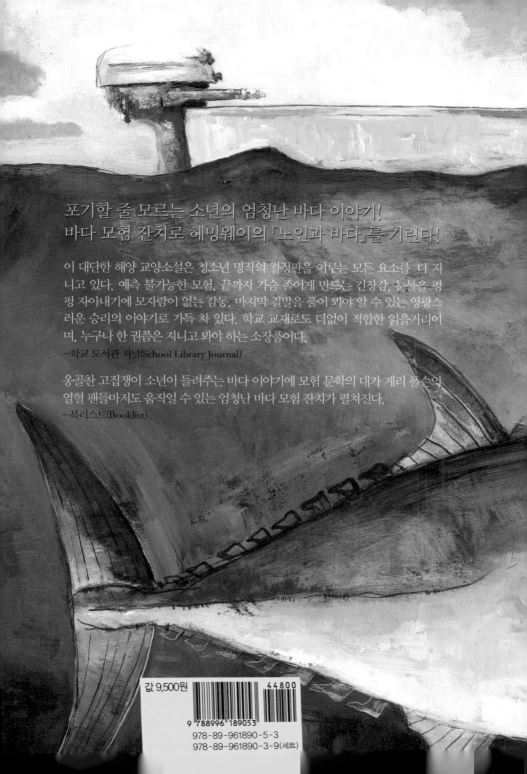

포기할 줄 모르는 소년의 엄청난 바다 이야기!
바다 모험 잔치로 헤밍웨이의 『노인과 바다』를 기린다!

이 대단한 해양 교양소설은 청소년 명작의 결정판을 이루는 모든 요소를 다 지니고 있다. 예측 불가능한 모험, 끝까지 가슴 졸이게 만드는 긴장감, 눈물을 펑펑 자아내기에 모자람이 없는 감동, 마지막 결말을 풀어 봐야 알 수 있는 영광스러운 승리의 이야기로 가득 차 있다. 학교 교재로도 더없이 적합한 읽을거리이며, 누구나 한 권쯤은 지니고 봐야 하는 소장품이다.
－학교 도서관 저널(School Library Journal)

옹골찬 고집쟁이 소년이 들려주는 바다 이야기에 모험 문학의 대가 게리 폴슨의 열혈 팬들마저도 움직일 수 있는 엄청난 바다 모험 잔치가 펼쳐진다.
－북리스트(Booklist)

값 9,500원   44800

9 788996 189053

978-89-961890-5-3
978-89-961890-3-9(세트)